얼룩은 읽히지 않는다

정순옥 시집

문학세계사

헛바늘쯤 돋아야 할 순간에도
세상은 너무 빨리 물컹해져 버리고
햇빛 알갱이들 속 있을 법한 그 무엇들도
그냥 '그 무엇'인 채로 흩어져 버리고
허공에서만 머뭇거리는 손가락
번번히 모래밭에 서 있는 발길
그럼에도 불구하고
시간은 여전히 아무렇지 않게 직립보행을 하고 있고
당신은 아무렇지 않게 깔깔대며 커피나 마시고 있고
꽃들은 모가지가 꺾인 채 쉬 잊혀져가고

그래서
여전히
그들을 찾아나서야
하는
나는

2015년 1월
정 순 옥

2

1
꼬리 따기 놀이

꼬리 따기 놀이

주루룩 몰려가서 휙 틀어서고
다시 옆으로 주루룩 엮여서 밀려가고
행여 떨어질세라 앞 사람 허리를 꽉 부여잡고

신발이 벗겨지거나 때론 밟혀 가며 쓸려 가며
상대편 줄 앞잡이의 거친 팔에 붙잡힐라
우리편 줄 앞잡이의 방향을 잘 따라가랴

술래에게 잡히지 않기 위해
줄에서 떨어지지 않기 위해
끝까지 살아남기 위해
운동장 흙먼지를 다 마시고도

삐끗하면 넘어지고 아차하면 놓쳐서
게임에서도 대열에서도 단숨에 탈락되는
시시각각 최후의 통첩
죽음의 가면무도회

개꼬리의 희망

흔들어야 제 맛이다
알아 봐야 제 격이다

웃음도 놀람도 감추지 말고
마음껏 흔들어라

오긴 올 거다
곧 올 거다

해고는 임시라고 했으니
복직은 곧 내일 내일이라 했으니

그때는 흔들어라
마음껏 흔들어라

좋은 패가 나오면
반가운 소식이 오면

아름다운 꼬리

다급한 부름이라도 있었던 것일까
우리나라 도감에도 아직 없다는
부채꼬리바위딱새가 나타났단다
한강공원에서도 안산 습지에서도
붉은 꼬리 아낌없이 펼쳐 보이자
거기에 홀린 플래시들 팡팡 잘도 터진다

역시 꼬리가 아름다울수록 몸통이 잘 안 보인다는 거
적당한 시기에 사뿐 날아와 화려하게 펼쳐 줄수록
스스로 잘근잘근 씹히다 재빨리 잘려 줄수록
출연료는 두둑하고 소리는 빨리 잠재울 수 있다는 거

사람들의 믿음이야 변함이 없지
모든 힘의 원천은 바로 거기에 있다며
장어집에서도 너도나도 슬그머니 먼저 먹으려는 그것
그래야 제 중심에도 힘이 불끈 솟는다고 믿는 그것

아무도 궁금해하지 않을

그저 자연산 몸통일 뿐인 나는 없는
한 번쯤은 갖고 싶었으나 여태 못 가진
결코 거느리거나 쥐어 보지 못하고 있는
고 예쁜! 것

꼬리에 꼬리를 물고

주말농장이라기에는 좀 뭣하고 공터라고 하기에도 좀 뭣한
그렇다고 딱히 우리 땅도 아닌 어정쩡한 동네 구석에다
기대도 없이 얻어온 걸 그저 두어 이랑 심었을 뿐인데
서리 맞아 반쯤 마른 고구마 줄기를 걷어 젖히자
크고 작은 고구마들 줄줄이 딸려 나온다
무너지는 흙살 붙잡고 버티고 버티다 안 나오려던 놈들은
군데군데 벗겨진 제 껍질을 어떻게 할 거냐며
붉으락푸르락 열변을 토하는 중이다

정보화 시대라 저놈들도 뉴스를 잘 챙겨들었나
벌써 저리 따라 하는 걸 보면 말야
원전 20조 원 핵피아 해경과 언딘이 이룬 해피아
국방을 고철로 만든 국피아 철도를 휘청휘청 철피아
돈을 좌지우지 모피아 관피아 교육을 제 맘대로 학피아
겉흙만 슬쩍 건드려도 줄줄이 나오는 고놈의 가계도
피아피아 피아 가족의 전성시대

이젠 탑뉴스도 못 되는 저것들

아니 지하에서는 더 많이 배웠나
9시 뉴스에 안 나온 것까지 모조리 배웠나
고놈 이미 벌건 제 머리통 드러났는데도
호미 날에 찍혀 진물까지 이미 다 나왔는데도
엉덩이 까뒤집힌 채 흙속에 고개만 처박고 있는 걸 보면
고피아, 넌 분명 새로운 피아 가계도를 만들고 있었던
거 맞지
왜, 아직 감자네 집 감피아까지
끌고 나오지 못해 안타까워 그런다고?

쥐꼬리

한때는 당당하게 숙제의 목록에 끼일 때도 있었지, 새마을 깃발이 한창인 개발독재 시대에 잔디씨 훑어 오기, 솔방울 따오기, 꼴 베어 오기, 벼 이삭 주워 오기, 쥐꼬리 가져오기⋯⋯

'전국 쥐잡기의 날' 마을 곳곳에 벽보가 붙고 이장이 저를 모조리 잡아 내자는 방송을 연거푸 해대는데도, 집집마다 쥐약과 쥐덫을 놓은 걸 아는지 모르는지, 여전히 부엌이나 하수구에서 우르르 쪼르르 몰려다니다 이 방 저 방 천장에서도 두두두둑 잘도 몰려다니던 녀석들, 그러다 재수 없이 붙잡힌 놈의 꼬리가 이튿날엔 당당히 선생님 앞에서 숙제 완수를 증명해 줬던 시절, 죽어서도 빛났던 그 꼬리의 부활

유용성으로 당당하던 그때는
어디 짐작이나 했겠어
네가 그렇게 오래오래
함께 기거하게 될 줄은

우리 집 가계부에 찰싹 붙어
시시때때로 가장을 꽉 졸아들게 할 줄은
몰랐지
정말 몰랐었지

꼬리 물기

그나마 눈뜨고 있던 카파라치들을 사거리에서 치워
버린 후
꼬리 물기는 이제 시민의 사소한 일상이 되었다
누구나 아무 때나 할 수 있는
쉽고 사소한 것으로
아무렇지 않게 물고 물려 가는 것으로

배가 갑자기 기울기 시작한 건 기관사의 급선회일 뿐
이라고
그런 급선회야 거기가 맹골수역이니 어쩔 수 없는 것
이라고
쾅 하는 소리야 별거 아닌 수화물이 좀 쏠렸을 뿐이라고
그렇게 쏠린 건 묶지 않고 적당히 실어서라고
평소에는 그렇게 다녔어도 아무 문제가 없었다고
정기 검사 같은 건 별 문제가 없었다고
검사자와 피검자가 너무 친한데 굳이 뭘 물어보냐고
밥과 호주머니를 공유하면 금방 절친이 되는 건 간단
했다고

방송도 안 하고 먼저 도망친 건 매뉴얼도 모르는 비정규직이어서라고

단 한 사람도 못 구한 건 구조대가 늦게 도착해서라고

그렇게 늦은 건 꼭 그 업체만을 불러야 했기 때문이라고

왜 꼭 그 업체여야만 했냐면 거기 잠수사들이 최고여서라고

7시간 동안 어디서 무얼 했냐고 하면 어디든 다 집무실이라고

그럼 집무를 보긴 보았냐고 하면 일곱 차례 보고와 지시를 잘도 했다고

왜 안 만나 주느냐고 하면 그들은 순수 유가족이 아니어서라고

왜 끝까지 안 찾느냐고 하면 국민들의 혈세를 낭비할 수 없어서라고

다 못 찾았는데 왜 문을 닫느냐고 하면 이제는 안정이 최우선이라고

누가, 누가 그러더냐고 하면 사랑하고 존경하는 국민이 원한다고……

그럼 그렇지
여전히 헌법 조항에
꼭꼭 잘 모셔져 있는 우리
친절하고 참을성 있게 살아 있는 나의
국민 씨!

꼬리말

내 생에다
너를 매달지 않기 위해
최대한 본문을 늘려 가는 동안

페이지 넘어갈 때마다
맥락이 흐트러져
문단은 불분명하고
주제는 자꾸 빗나가서

급하게 슬쩍슬쩍 밀어 넣곤 했더니
결국 네 얼굴만 너무 커져 버렸다

할 수 없이 너를 넣었다가 겨우 삭제하고 나면
또다시 넣고 빼고를 번복해야만 하는 사이에

정작 본문은
내용도 목차도 놓쳐 버린 채
어느새 태풍 뒤의 과수원쯤을 머뭇대고 있는
자서전의 제목, 아직은 덮을 수 없는

꼬리표

또 왔다, 그 진상

여기 적힌 사이즈가 제대로 맞을까
네 보신 그대로 정확합니다 고객님
모가 80퍼센트 들어간 것 확실하겠지
네 고객님 모 90에 폴리 10입니다
가격은 여기 붙은 그대로인가
물론이죠 고객님이 아주 잘 보셨습니다
이렇게 싼 거 말고 나한테 어울리는 것으로
역시 고객님은 급이 다르시다니까요
설마 이거 재고는 아니겠지, 나 잘 알지
최신상으로 최고만 입는다는 거
네 그럼요 고객님이 어떤 분이신데요
이거 진품이 맞겠지 나 짝퉁 같은 거 절대 싫어
네네 맞고 말고요 당연히 거기 표에 다 있습니다 고객님
네네 꼬리표를 보시면 다 보여요 다 알 수 있어요 고객님
야, 너 내가 이런 표 하나 볼 줄 모른다고 생각해
어따 대고 지금 날 무시하는 거야 당장 점장 나오라고 해

22

야, 너 이름이 뭐야 여긴 언제 왔어
내가 여기 브이아이피 고객인 거 아직도 몰라
내 말 한 마디면 넌 당장 해고야
어디 생긴 것도 촌스럽게 생겨가지고……

꼬리표를 더 잘 설명해 주었을 뿐인데
내게 찰싹 들러붙어 하나 더 늘었다
비정규직 주제에 감히 휴식 시간을 달란다고 붙여 준
관리 대상 블랙리스트 꼬리표
오늘은 감히 왕의 기분을 망치게 했다고
재계약 불가 대상 1순위 꼬리표 하나 더

한 번 붙기 시작하니 잘도 증식되는
'저것 저것' 확실한 백넘버
내 붉은 꼬리표

불안을 할인해 드립니다

아직도 그거 하나 없다고요 기본 중에 기본인데
세상에, 여태껏 이런 걸 쓰다니요
최신상 슈퍼모델들이 얼마나 쌔고 쌨는데

누가 아직도 이런 걸 먹어요 겁도 없이
전화 한 통이면 다 되는데 무첨가 무농약 자연식에 친
환경까지
당신만 탈락되고 싶어서 그래요 100세 시대에

그게 말이나 돼요 여태 거기 한 번 못 가 봤다는 게
행여 어디 가서 티는 내지 말아요
이제 일 같은 건 쉬엄쉬엄하고 우선 캠핑카부터 타 보
라니까요
힐링 힐링! 그것도 몰라요 요즘 얼마나 열풍인데

애들은 물론 잘하고 있겠죠
그런 동네서만 쭉 키워도 정말 괜찮겠어요
이사 좀 하면 어때요 노는 곳이 다르면

애들이 확실히 달라질 건데
기러기면 또 어때요 다 애들을 위해서인데요 뭐

물론 미래는 충분한 보험 안전망에 넣어 뒀겠죠
늘 현명하고 미래지향적인 당신이잖아요
근데 혹시 그것도 알고 있나요
요즘은 상조회사에 본인용까지 미리 가입해 놓는 게
대세라는 거
당신은 정말 소중한 사람이잖아요

그래요, 당신은 얼마나 행운인지 몰라
언제나 곁에서 당신 친구 당신 걱정 당신 사랑
천만다행 아닌가요
그나마 우리가 남이 아니라는 게

압력솥 밥, 부모의 기도

빠를수록 좋은 모국어의 교체
그것으로 원정 출산의 실패를 만회하게 해주십시오

노는 것도 옆집 애랑은 달라야 함을 얼른 알게 해주시고
오늘의 과제가 힘들다고 쉬 느슨해지지 않게 해주시며
세상 이야기엔 무조건 닫을 수 있는 편안한 눈과 귀를
주시고
제 시간이라도 제 맘대로 결정하지 않는 신중함을 주
십시오
현재의 자유는 밝은 미래를 위한 걸림돌임을 하루바
삐 알게 해주시고
시간의 안과 밖을 현명한 부모의 잣대로 단단히 맬 수
있게 해주시며
좋다는 것은 다 해보는 열두 가지 잡곡밥으로
그저 주는 대로 받아먹고 공손하고 유순하게
최소의 공간에서 최대의 기대치를 먹고
집중 포화된 양식으로 한껏 압축된 팩이 되게 하소서

그래서 어느 순간 성공으로 펑 터지는
꽃 같은, 그런 내 아이가 되게 해주십시오

곡비를 곡비하다

―함부로 말하지 마라 아직 살아있는 너는 묻지도 마라 너무 쉽게 누굴 위해
손 한 번 잡아 준 적 있느냐고 누굴 위해 너를 놓아 본 적 있느냐고 소문내
지 마라 운다고도 울었다고도

그동안은 그래 왔다
눈이 없어 웃음을 잃어버렸고
영혼이 없어 울음도 진즉 잃어버렸다고
그렇다고 딱히 울어야 할 일 울고 싶은 일 못 찾았기에
대신 울어 줄 사람 같은 건 더욱 필요 없었다

그러나 오늘 보았다
풀뿌리의 숨결로 푸른 역사를 쓰고 싶어 했던
제 몸 계란인 줄 알면서도 오랫동안 거대 바위에 맞
서 왔던
바보 사내, 그의 부재 앞에서
고꾸라지는 희망을 부둥켜안은
노란 나비 나비 떼
맨손으로 맨몸으로 구겨진 역사를 펴 보려는
부러진 날개로 비바람 거슬러 올라가 보려는 저
바보 물결들
기꺼이 누군가의 울음이 되고 있다
서로에게 곡비哭婢가 되고 있다

아직 엄지발가락에 힘주고 있을 저들을 위해
키 낮은 저 울음 발자국들 둘레에
샐비어 빛 포토라인이 되어 곡비曲庇
곡비曲庇하고 싶다

그들의 전성시대

끝이란 없다 또다시 스탠 바이 스탠 바이
언제 어디서든 누구든지 멋지게 상대해 줄 수 있어
카메라 감독에게도 익명의 고객에게도
고난도 기술로 좋아좋아를 선사할 수 있는
나는야 만족형 포르노 배우

할 수 있다 조금만 더 스펙 스펙
입시 지옥 넘어서고 취업 고지를 달성해도
결승선은 아득하기만 하다고?
이쁜 짓도 공부도 사랑도 일도
무한대 질주야 유치원 이전부터 연습되었는데 뭘

무능은 절대 없다 쪼개고 쪼개면
새벽부터 밤까지 하고 하고 또 하고
즐길 것은 다음 다음에 성과는 오늘 당장
절망은 없다 잉여를 위해
패배는 없다 잉여인간이 안되기 위해
오늘도 달리고 달린다
질주 본능 단거리 선수들

말랄라* 랄라라

언제부터 왜 탔냐고요?
확! 가라앉아야만 겨우 제 적재량이라도
가늠해 보는 척하는 이 괴물선에
승선표는 왜 아무 거나 샀냐고요?
못 봤거든요 숨가쁘게 달려오느라

그랬거든요 우선 나 먼저 타고 보자
그래서 기항지 같은 건 물어볼 필요도 없었거든요
물론 신경도 못 썼지요
창문이란 게 있는지 없는지 하늘이 보이는지 마는지
찬찬히 살펴본다는 건 더욱 못했지요
누가 탔는지 어떻게 가고 있는지도

그러는 동안 우린 모두 방에 갇히게 되었고
방 속 어둠에 익숙해질수록 밤은 점점 더 길어지고
밤이 길어질수록 꿈도 많아졌으니
한때는 꿈이 많을수록 가능성도 자란다고 믿었었지요

그러나 밤을 먹고 자란 어둠은 점점 더 깊어지고
다시 밤이 그 어둠을 먹고 커져 갔어요
아침은 점점 멀어져 가고 희미해진 아침은 가라앉고
침몰한 아침을 건져 낼 사람은 아무도 없었고
머리통에 총을 맞더라도 밖에다 소리쳐 줄 사람
그 우리들의 말랄라는 더욱 없었고요

그러나 말랄라, 우릴 위해 절대 울지는 말아요
행여 우릴 위해서까지 기도하지도 말아요 말랄라
우릴 위해 밖에 나가 연설 같은 건 더욱 하지 말아요
말랄라
우린 말랄라처럼 혼자는 아니잖아요
그리고 우릴 구해 줄 예인선은 꼭 올 거예요
머잖아 곧 인양될 거예요
아니면 우리 스스로 부양하게끔 해줄 거예요 꼭
아무리 뭐라 뭐라 해도
지금 우린 '국민 행복시대'에 살고 있잖아요

그러니 말랄라 걱정은 말아요
랄랄라 우린 금방 나올 거예요
랄랄라 노래할 수 있어요
랄랄라 말랄라
말랄라 랄랄라

* 파키스탄의 여성 인권 운동가, 17세에 노벨평화상 수상.

세상에서 가장 사소한 것

그럼 그렇지 내가 뭐랬어
쥐구멍에도 해 뜰 날 있긴 있다니까

다 좋단다 다 괜찮단다
툭툭 던지는 언어의 앙감질도
코앞까지 들이미는 종주먹들도
다 감사하게 일용할 양식이란다

눈 뜬 생각들이 까끌까끌
허연 왕소금으로 날을 세워도
지금은 괜찮단다 다 안단다
무조건 끄덕끄덕
너무나 사랑하기에
어느 하나 버릴 것 없기에
다 손잡아 주고 다 알아서
금방 해결해 준단다

알고 보면 진짜니까 알짜니까

생각보다 보기보단 훨씬 더
그러니 더도 말고 덜도 말고
딱 하나만 달란다
사소한 그 딱 한 표만

사소한 것! 그 하나밖에 없는 나도
선거철 그 꽃시절이 되면
꽃등으로 화안히 내걸리것다
달빛으로 두둥실 떠오르것다
때 맞춰 째지게 너그러워지는
그 나무 등걸 덕에

신대동여지도, 미안하다 김정호

그의 시대는 갔다고
기껏 땅 위에만 그쳤던 지도를 폐기하고
바야흐로 해양 개척 시대를 반영해야 한다고
신대동여지도 제작에 동원된 사람들
추운 바다를 발목에 차고 웅성웅성
백지도 위에 저마다 제 좌표를 써 넣고 있네

아프고 발 시린 사람 더 있네 앞에도
젖은 눈들 보이네 그 뒤에도
더는 더 이상은 못 참는다 죽어도
이건 사는 게 아냐 살아도
지금은 할 수 없어 울어도
이게 전부는 아닌 걸 웃어도
끝까지 가야 알 수 있지 잘나도
한 끗은 있을 거야 못나도
알 수 없어 보고 또 보아도
아직은 부족해 네게 다 주어도
너는 좀 낫지 않냐 그래도

기다리고 있단다 아직 아직도

김정호를 닮아가는 사람들 변신하는 김정호들
날마다 새롭게 불려나온 그들
발자국 한 번씩만 찍어 둬도
너무 쉽게 완성될 것 같은 이 시대의
신대동여지도, 섬나라 지도

가장자리의 힘

땡볕에도 폭풍에도 끄떡없던
산비탈 붉은 콩밭이
비 좀 왔다고 순식간에
얼굴 짓뭉개고 심장을 무너뜨린 그
놈을 추적 중이다

범인은 간 데 없고
한나절 만에 겨우 주워 든 건
둔덕 띠풀들의 허연 발가락뿐이라니
그나마 제 발 감싸던 흙살도 다 흘려 보내고
연민마저 끊긴 채 나뒹굴고 있는 놈들이다

고놈들 불끈 종주먹으로 다그쳐 봐도
되돌아오는 것은 맹숭맹숭 푸념뿐이다
다만 지들끼리 겯고 있던 어깨를 풀었을 뿐이라는
앙버티던 발가락에 힘만 좀 뺐을 뿐이라는
그러니 당신과는 아무 상관없는
그저 우리들 이야기일 뿐이라는

다 듣기도 전에 화만 내고 휙 돌아서던
그는 알까 몰라
오늘 저를 무너뜨린 고 하찮은 것들이
실은 그동안 저를 버텨 주고 있던
제 중심이었음을

모래 언덕, 붉은 이마

함부로 쏘아 댄 말들이
입 안 가득 왕모래로 서걱댈 때
신두리 해안*, 거기 가서 보았다
밀리고 밀린 것들도 쌓이고 쌓이면
어떻게 다시 힘을 얻는가를

밤낮없이 얻어맞은 모래의
속울음으로 쌓은 언덕
제 맘대로 불어 대고 마구 휘둘러 댔을
바람과 파도의 주먹 아래서
맨발로 앙버티느라
모래의 젖은 이마 아직 붉다

언제 제 목소리 한 번 내 보기나 했을까
그 울음들 눌러 삼키느라 제 혈관은 또
얼마나 부풀었다가 얇아졌을까

여태 몰랐을 것이다 힘센 바람은

눈치도 못 챘을 것이다 거센 파도는
모아 봐도 모여 봐도 무장무장
무너져 내리기만 할 거라던 고것들이
발끝까지 힘을 모아 서로 겯고 결으면
그 어깨띠 그늘에서도 얼마나 많은
새 생명들 품어 낼 수 있는지를

오늘, 새우깡 한 봉지 무게로 들어선 바닷가에서
왈칵! 만져지는 작지만 뜨거운 것들의 목울대
오랜 세월 어깨 겯고 버티느라
붉으락푸르락 병명마저 진단할 틈도 없었을
저 모래 언덕의 중증 울혈증
엎드린 시간들을

* 충남 태안군 원북면 신두리에 있는 우리나라 최대 해안 사구.

2
납작

납작

무심코 책장을 넘기다 나온 비서秘書 한 점
인주도 없이 온몸으로 마른 낙관을 찍고 있는
나방 한 마리의 저 고고학적 몰입
누른 자의 손에서는 처음부터 존재하지 않았을
저를 눌리지 않기 위해 죽어라 제 몸 먼저 낮췄을
한 생명체의 저 뜨거운 평면화

정말 그랬을까
제 한 몸으로도
어느 문장 하나라도 바꿀 수 있을 거라고
어느 행간에 밑줄 하나는 그을 수 있을 거라고
정말 몰라서였을까
묶음의 악력 앞에서는 금방 고꾸라지고 말
낱장의 필연적 곤두박질을

숙인 고개로는 모자라 죽어라 엎드려 본 적 있다
직립의 꿈틀거림을 들키지 않기 위해
더 이상 눌리지 않기 위해

온몸으로 바닥에 존재의 비명을 쓴 적 있다
치솟는 불끈도 감추고 탱탱한 입체는 더욱 감추고
오늘 하루 살아남기 위해 제 꼭지 하나 지켜 내기 위해
더욱 더 납작해진 적
있다, 한없이 가늘어진 적
많고
많다

햇빛 권리장전

전문
—해 뜰 날 없는 내 귓구멍에도 가끔은 이런 소리 듣
고 싶어, 그런 네가 되고 싶어

본문
—제1조 : 최소 재량권
실컷 놀다가도 그냥 쉬다가도
젖은 구석 그늘진 자리 식어 버린 밥 있거든
내 맘대로 달려가서 쨍! 하니 비춰 줄 수 있는

—제2조 : 우선 처리권
민생은 없고 선거철만 있는 정치꾼들에겐 순간 광폭
충격파를
눈 가리고 아웅하는 권력자의 블랙코미디엔 초강력
볼록렌즈로 불구멍을
게임방 쪽방 고시원에서 내일까지 저당 잡힌 청춘에
겐 시간을 수선할 수 있는

—제3조 : 가끔 태만권

직선으로만 내달리다 지치면 맘대로 구부러질 수도

가다 가다 안 보이면 맨바닥에 푹 주저앉을 수도

언젠가 고놈 뒤통수 한번 탁 치고 도망갈 수도

그러다 지치면 한 사나흘 퍼질러 앉아 있어도 다 괜찮
다고 하는

—부칙

당장 시행하라

이런 나, 그런 너

우리에게 필요한 있는 그대로의 그 빛

다행 변주곡

낙뢰 같은 부음을 받고도
두세 시간은 너무 멀다는 이유로
가 봐야 상주는 잘 모른다는 이유로
오전 내내 조문을 망설이는 사이
뉴스에서는 하마터면 갔을 뻔한 그 길에서의
대형 사고 소식이 들려왔다
20중 추돌이라니
그때 떠났으면 그 사고 대열에
나도 끼었을지 몰라

(다행이다)

작은 의무감과 큰 망설임 사이에서 서성이고 있을 때
또 다른 부음 하나가 당도해 줬다 마침맞게
십 년 넘게 식물로 계셨다던 지인의 아버지
얼굴도 모르는 그분을 꼭 찾아뵈어야 하니
한동안 절친했던 시인의 마지막 길엔
결코 갈 수 없다는 자신 있는 발길

(정승보다 무서운 개)

그래도 마지막 한 번은 말해 주고 싶어서
구석에 꽂혀 있던 그 시인의 시집을 펼치자
자꾸 괜찮다 괜찮다 하며 웃음만 쏟아낸다
생전에 편안했던
그 시인은
죽어서도 많이
너그러울 것이다

하늘 방송국

그들만의 리그, 입맛에 맞는 것만 불어 대고 내보내고 코드 맞는 놈만 길러 주고, 내세우고 있는 자에게 더 얹어 주는 맘대로표 표준 도량형, 그들만의 셈법으로 연습문제도 없이 실전문제 다 풀어 가고 있는 거기

거기 말고, 저마다 가진 채널로 누구부터 불러 낼까 고민 고민하는 곳
바람의속도에맞출까숲의색깔에맞출까계곡물소리음악방송을틀까아니면새떼진행자가구름피디말안듣고제맘대로꼬리연방패연을게스트로불러앉힌곳거기나틀어볼까그것도아니면생방송에지친다람쥐와나비대신빗방울이나아기웃음에게마이크확들이댈까고민하는

거기, 넉넉 햇살 생각들로 누구나 채널 선택이 자유로운, 웃음 한사발이면 평생 시청료를 면제해 주는, 그것이 헌법이 되는 존재의 공화국

어디에 없나

11월

직립의 현 주소는
활엽수와 침엽수의 건널목이다

날씨 표지판엔 햇살과 그늘 현수막이 함께 내걸리고
약도에는 앞길 뒷길 재어 보라는 바람어림자가 걸려
있다
아침 바람에 남은 길 보폭 한 번 가늠해 보고
저녁 햇살엔 발등에 내린 그대 하루 살핀다
늦은 밤 뒤꿈치 가만 만져 보면
우수수 떨어지는 각질의 시간들
은유의 풋크림을 발라 덮어 보려 하지만

무심으로 건너온 시간 쌈지 속에서
뒷목 확 낚아채는 헛바늘 두 개
저를 곧추세우는 평행의 긴장이다

어둡고 푸른 거울

경중경중 가을밤 속으로 걸어가는
너의 발걸음 뒤에서

마구 분질러지는
시간의 모가지를 붙들고

손끝으로 헤아려 보는
발등의 역사

그 시린 시간의 목덜미

바람행 차표

어둠의 어깨가 발끝까지 내려와
발등의 무게로 더해질 때면
나 작은 차표 하나 사고 싶네
특가 할인이나 프리미엄 서비스
누적 포인트나 당첨권
뭐 그런 것은 다 필요 없네
그거 한 장이면 훌쩍 떠날 수 있는
가장 가벼운 딱지 하나로
내 작은 바람들이
종알종알 세수하고 있는 거기
아직 한 번도 가 닿지 못한
그러나 하루쯤은 나를 기다려 줄지도 모를
그 바람의 나무 의자가 놓인 곳
거기로 들어가는 환한
암표 하나 예매해 두고 싶네

나의 앵강만*을 그리며

그대의 해안선에 누우면
내 시간은
경사면에 매달린
창틀 없는 창이 된다
열리지도 닫히지도 못하는
그대 문의 언저리에서
없는 입출구를 찾아 발돋움만 하고 있다
자꾸 늘어나는 사구의 허리춤에서
제각각을 알 수 없는 모래의 역사를 더듬거리듯
하염없는 그대 모래벌판에서
돋보기도 없이 거름망도 없이
시간의
사금을 찾고 있는
볼멘 사랑의 한 페이지

* 경남 남해군 남면에 있는 아름다운 해안.

키

제 아무리 높이 날아올라 보여 줘도
중심에서 멀어질수록
죽정이의 삶이라고

단박에!
살아온 이력 빤히 들춰 내는
냉정한 판결문

찍!

무시로 눌러 대고 맘대로 날려도
찍 소리 한 번 못 내보던 내게
몇 푼 월정액 담보하니 세상을 쥐어 준다

가벼운 터치 하나면 다 되는
꽉꽉 찍어서 죽죽 올렸다 내렸다
이제 당신을 접수하는 건 시간 문제

청문회나 마녀사냥 문턱도 없이
너무 쉽게 얻은 권력의 이 단맛
전천후 모반의 창, 스마트폰

풀등*의 역사

등짝에 폴폴 연두 향기 날 것 같은
고 예쁜 이름
다만 침묵의 발설이다,
포크레인 쇠갈퀴 아래서 맥없이 흩어졌다는
말갛게 뜬 눈 하나씩으로 왔다가 뭉텅이로 떠밀려 갔다는
급물살 물대포에 어깻죽지 다 잃었던 폭우의 계절도
바윗돌에 부딪혀 산산조각났던 뜨거운 소문도
다 묵언수행이다, 그러나
낱낱일 때는 잘 안 보이던 것들이
바닥에서부터 하나 둘씩 스크럼을 짜기 시작하면
불룩해지는 강의 옆구리를 툭툭 차 볼 수도 있고
힘없는 풀의 뿌리를 받들고, 물길을 받아 내는 것,
보들보들한 물의 혀만 빌어서도
강의 표정이나 물길을 서서히 바꿀 수도 있다는
모래톱 희망서
강물의 저 부드러운 등뼈

* 강물 속에 모래가 쌓이고 그 위에 풀이 수북하게 난 곳.

까요까요

반말로 할까요 존댓말로 할까요 한 번 쳐다봐도 될까
요 그냥 웃어 줘도 될까요 이 대목에선 어깰 만져 줄까
요 아님 두드려 줄까요 지금 넣어도 될까요 요렇게

다 어디 갔는가
한낮 은어 비늘로 튀어오르던 싱싱한 말의 권속들은
바람 창가 책장처럼 팔랑이던 그 햇살 생각들은
어디로 갔는가 다
밤길 외길에도 당당하고 가벼웠던 발걸음들은
다 누구 것인가
방향도 모르고 발자국도 못 찍은 채
아무 데나 눌어붙고 들러붙은
엉거주춤형 저 등뼈들은

이럴까요 저럴까요 갈까요 말까요 너를 버릴까요 나
를 잊을까요 사랑해도 될까요 이젠 죽어도 될까요 오늘
도 까요까요만 뒤집어쓰고 있는 당달봉사

제 영혼의 마마보이
미확인 저공 비행물체만 난무하는
낱장의 회색 시대

Home plus, plus 턱

1. 그는 오늘도 출산 중

기다릴 필요도 물어볼 필요도 없는
신호등도 턱도 없는 매장
비잉 돌면서 그냥 고르기만 하면
단번에 만들어지는 오늘
다양한 세트 메뉴

   기록이나 있을까, 홈드레스를 입고 홈세트 식기에
'스위트 홈'을 담아 내려고 애쓰던 시절, 서로의 시간에
행여 먼지 낄까 구석구석 닦아 내던 시절, 서로의 어깨
가 되고 무릎이 되어 주지 못해 잠 못 이루던 그 밤

2. 그는 오늘도 외출 중

연일 야근과 출장의 섬으로
거리 곳곳의 초미니 스커트와 쇼윈도 앞으로
근육질 남자의 화면으로 홈쇼핑 채널 속으로

잭팟을 기대하는 도박장으로 게임장으로
학원으로 컴퓨터 화면으로 더 큰 가방 속으로

오늘도 증식 중인 그는 거대한 비만이다
변종의 세포 분열로 날마다 새로운 섬
다도해를 만들어 가고 있는

이 시대의 홈
플러스 틱 플러스 홈

얼룩은 읽히지 않는다

정초 일요일 아침 한 해의 안녕을 빌러 강화 보문사로 향한다.

배는 제 시간에 올까 선착장에 차들이 밀려 있진 않을까 갈림길에서 신호를 놓치고, 재작년에 애들이 좋아하던 저 '바다배 펜션'은 그대로네 뭐, 단체로 와서 통째 빌려 쓰던 '언덕 위의 하얀 집 펜션'도 그대로인 것 같고, 근데 빨리 나오면 우리 점심은 뭐 맛있는 걸 먹을까 아~아~아악! 고양인지 강아진지
노란 중앙선을 가로 베고 누워 있다.

외포리 선착장에서 친절히 기다리는 배를 타고, 배 위에선 여전히 새우깡을 던져 주며 갈매기의 수렵 의지 상실과 비만에 공헌을 하고 그 기념으로 갈매기 엑스트라와 사진도 몇 방 찍고

영험하다는 큰절 법당에서 소원도 빌고 마당가 샘물도 마시고 사백열아홉 가파른 계단을 올라 눈썹바위 마

애불앞에 절을 하고 또 하고

　일주문 앞 노점상에서 마른 잔새우도 사고 새우튀김
도 사 먹고 이거 국산이에요? 뻔한 답변에 볶은 땅콩 사
서 들고 갱엿 한 입까지 얻어먹고

　되돌아 나오는 배에서는 차를 순서대로 세우지 못하
는 안내 아저씨를 필요 이상으로 탓하기도 하면서, 아까
그 길 다시 달린다. 기름은 어디서 넣을까 밥은 어디서
먹을까아~아~아악! 고양인지 강아지인지 부릅뜬 송곳눈
이 아직

　얼룩덜룩한 길 위에
　역사책, 안 읽힐 게 뻐언한 그 페이지에
　저 혼자 방점을 찍고 있다

88, 그 아름다운 숫자

숨죽인 함성을 안고 굴러가는
은빛 굴렁쇠
그건 꿈이었다
88올림픽스타디움에서는
개최지를 발표했던 날은 또 얼마나
내 푸른 인생의 팡파르도 덩달아 울려 댔는지
아직 생기지도 않은 88다방 거기에
수년 후 다시 만날 약속을 새겨 버렸다
그 약속의 끝에서 지금까지 쭈욱 함께 살면서
언젠가는 꿈의 숫자가 될 거라 믿어 왔다
그러나 오늘,
시간의 자유를 어쩔 수 없이 만끽해야 하는
88만원 세대, 그 맨 앞에 서 있다
그래도 괜찮아
무한대가 두 개나 누워 있는 숫자니까
언젠가는 무한대로 다 이루어질 거니까
둥글둥글 잘도 굴러갈 그날을 생각하며
덧씌우기 때우기로 누더기가 된

그 길을 달린다 88고속도로를
온몸에 두드러기로 수없는 88을 새겨 놓고
가려움증에 넋이 나간
88수 앞둔 엄마를 병문안 하고
혼자서 달리고 있다

뻥과자 전성시대

온몸 발전기가 되지 않고도
오늘 하루 너무 무사해서
그래서 두렵다고요?
걱정 마세요 당신
적어도 내일까진 기억될 수 있을걸요
걸으면서도 먹으면서도 화장실에서도
끊임없는 방전과 충전을 못해서
그래서 그렇게 된 것 같다고요?

염려 말아요 당신
당신 갈 자린 아직 충분해요
머잖아 희귀종 표본실에 자알 전시될 텐데요 뭐
인터넷도 손전화도 트위터도
어느 것 하나 매끄럽지 못하다고
너무 슬퍼 말아요 서두르지도 말고요
당신에게도 금방 번호 하나쯤은 붙여질 텐데요 뭐
저기 박제동물 옆에 나란히 뉘이면서 말예요
그래도 미덥잖다고요?

누군가에게는 그게
밥줄의 시작이며 끝이라고 해서요?
또는 오늘 그 자체라고 해서요?
아니, 존재의 이유이자 자신의 전부라고도요?
너무 걱정 말아요
그러나 저엉 당신도 웰빙하고 싶다면
가볍디 가벼운 그 웰빙과자 뻥 과자를
한 자루 몽땅 사 버리면 되잖아요

구름 지폐 몇 장 바람 동전 몇 잎

나 무기한 세 들고 싶네

햇살 프리미엄 듬뿍 얹어 주고

너무 빠르고 너무 똑똑해져서

철철 넘쳐야만 확인되는 사랑

자꾸 높아져야만 인정받는 꿈

비만과 풍요로 멀미나는 여기서

나 당장 이주하고 싶네

영주권도 사랑 확인증도 필요 없을

저 혼자 존재로서 넉넉해지는

당신의 공화국, 달빛공화국

달빛에 쓰다

1

한 번도 못 열어본 장꽝의 왕단지 궁금증 못 견디고 꼰두발로 몰래 열었는데 별빛에 웃고 있는 웬 숯뎅이와 빨간 고추들

화들짝 놀란 손에 와장창 깨져 버린 장꽝의 적막 후다닥 돌아서다 치맛자락 걸려들어 덜퍼덕 넘어진 손에 흙 투성이 피범벅

정지문 들박차고 달려 나온 엄마는 빗자루 내던지고 몸빼 자락에 감싸 안으며 아이구 이것아 뭘 본다고 달빛 뚜껑 함부로 열었다냐

2

희미한 달빛 아래 그 비탈길에서
밤하늘 다 들어 올릴 듯 힘차게 앞서가던
그 모습을 놓지 못해 아직도
그대에게 편지 써서
뚜껑 없는 달빛 사서함에 밀어 넣는다

'건너'라는 말의 조각보

건너가는 게 그냥 좋은 시절이 있었다
작은 또랑 건너서 큰 또랑
큰 또랑 건너서 구불구불 남의 집 논길
남의 집 논길 건너고 돌아서 다다른 우리 논
고랑과 이랑을 건너다니며 따 놓은 참외를 원두막으
로 나르기
원두막 아래서 건너오는 향긋한 참외 향에 잠들던 별밤

건너다니는 게 다 싫은 시절이 있었다
높은 고구마밭 이랑을 짧은 다리 한껏 벌려 건너다녀
야 할 때
끈적거리는 담뱃잎 사이 고랑고랑 건너다니며
어른들이 따서 묶어 놓은 담뱃잎 단을 날라야 할 때
경운기에서부터 연결된 노란 농약줄에 졸음을 달고
다리에 쓸리는 볏잎을 가르며 무논을 건너다녀야 할 때

건너라는 그 환한 말을 옴싹 끌어당기고 싶을 때가
있었다

모르는 사람들 틈에서 어쩔 줄 몰라 할 때
한두 사람 건너면 다 아는 사람이라고 다독여 주는 눈빛
폭우 뒤 센 물살 징검다리 앞에서 떨고 있을 때
확 손목 잡아채서 건네주었던 그 오빠
말하지 않아도 햇살처럼 통통 건너오는
그의 목소리와 눈빛이 닿았을 때

그러나 오늘 나는 수시로 삭제되고 있다
건너라는 그 오밀조밀한 말 속에서
문학 행사장에서 줄줄이 소개를 할 때도 악수를 할 때도
어느 시인을 특집으로 다룬 문학지의 사진 설명에서도
여전히 난 호명되지 못한 채
그저 웃고 있는 누구누구 사이의
'건너'로만 설명되고 있다
투명인간으로만 소리 없이
얼른 건너가라고만 한다

담, 담

그것은
벽이 아니다
허물어질수록 헐렁할수록
외연이 넓어지는
연체동물이다

그것은
쌓기 위한 것이 아니다
한때 칼날로 구분지었더라도
너머가 보고 싶고 궁금해지기 시작하면
어느새 네게 가기 위한
키 큰 사다리가 된다

담, 담
가만 불러 보면
입 안에서 웅숭깊은 이야기가 감돌고
돌담 흙담 사이사이 풀씨들 속닥이고
건너편 숨소리까지 담아와

곧추세웠던 경계 허물어
다 담아 줄 수 있을 것 같다
너를 향한 투명막이 된다

눈에 붙잡히다

차암 끈질기다 고놈
전자동 360도 회전 전천후다
어제는 이비인후과에 나흘째 가는 게 들통났고
오늘은 또 안과 가는 뒤통수에 따라붙더니
늘 가던 '송 앤 김 약국' 이 아닌 그 옆
'파랑새 약국' 약봉지까지 다 들춰 내고 있다
왜 그 약국이냐고 다그쳐 오는데
확! 치켜뜬 눈에 질려서
단지 기다리기 싫어서라는 변명도 못했다

참 오지랖도 넓다 고놈
출근길에 좌회전 신호 끝났는데도
휙 달려 나간 적 있는 내 뒷덜미 붙잡고
알고 있다 다 안다 닷새째 종주먹이다
명품도 아닌 주제에 뭐 가방끈 고치고 구두굽까지 갈
았다는
사거리 모퉁이 구두 미화업소 출입 내력까지 다 알고
있다더니

딱 걸렸다, 24시 편의점 앞에 차 슬쩍 세우고 들락거
린 것
헛꿈 같은 건 절대 안 꾼다고 큰소리 빵빵 쳐 놓고
추첨하기 직전에 부랴부랴 복권 사러 들어가자
편의점 그 유리문에까지 눈화살 팡팡 쏘고 있다

강심장에 최강 체력 고놈
바람이나 눈비에도 끄떡없다
더 봐 주거나 덜 나무라는 법도 없이
사거리 역사를 통째로 스캔하여
닥치는 대로 포충망에 구겨 넣는
희대의 사냥꾼
저 감시 카메라

3
반가사유상

반가사유상

괜찮을까, 자꾸 진품이 해외 전시에 나가는 거
맞긴 맞는 걸까 신라 것으로 추정하는 게
미소 속 저 사유의 경전은 또 어느 문법으로 해독해야
하나

국립중앙박물관 개방 시간 연장하는 날
국보 83호 금동미륵보살반가사유상에 붙잡혀
오후부터 저녁까지 다 내어 주고도
아직 남은 걱정들과 의문들
못다 한 찬탄까지
넉넉히 모시고 깊이 잠든
행복한 밤

이튿날 아침
욕창이 덧나 기저귀도 못 차고 주무셨던
구순 노모는
자식보다 친하던 이동식 변기 보살마저
사천왕상처럼 방문 앞에 모셔 두고

밤새사유상, 국보로
떠 계셨네

당신의 레시피

그는 늘 웃음으로 간을 했다
얼굴에 비해 이가 너무 희다고 가 버린 그녀의 뒷덜미
에도
등록금 여부가 정해 주는 휴학과 복학의 제 학사력에도
거기에 휘파람은 전천후 양념이었다
빈 야학 교실 시멘트 바닥을 쓸면서도
'엄마' 그 까마득한 이름을 몰래 써 보면서도
웃음과 휘파람은 그의 비장한 무기였다
알바도 못 찾은 주말과 휴일이면
서둘러 갈 집도 없으니 여유만만
모처럼 제 시간으로 끓이는 여유탕
학창 시절 내내 그의 코스 요리였다

그것만으로도 충분했는데 맛있었는데
방학 알바의 현장 식당에서 턱없이 싹터 버린
집 밥에 대한 그리움,
졸업하자마자 서둘러 차린 그것을 지키기 위해
사시사철 공사 현장을 누벼도 힘이 솟는다고 했다

그런데 얼마 못 가 두 아이만 남겨 놓고 휙 사라진 뒤
　십수 년이 흘렀을까, 새로운 집 밥 찾았다고 좋아좋아
하더니
　삼 년도 못 가 동네 사거리에서 차 바퀴에 또 빼앗기고
　먼 산 먼산바라기의 세월들
　올 봄에야 겨우 털고 일어나
　주말농장에 저를 꼭꼭 심고 있다더니

　오늘, 봄꽃도 피기 전에 서둘러 차린 국화꽃 밥상
　제 환한 사진을 배경으로 넣은 특제 서비스지만
　웃음간도 휘파람 고명도 없이 서둘러 차려 낸 식탁 앞
에서
　두리번두리번 수저 들지 못하는 당신의 식객들

고모의 염殮

채 한 시간이 걸리지 않았다
한 생을 여미는 데는

생전에 일면식도 없었을 그의 손끝에서
온몸으로 채색해 왔을 생의 굽이굽이가
머리부터 발끝까지 하얗게 표백되고 있다

닦고 또 닦아 내고
고개를 받히고 새로 입히고
마지막 길 편히 가시라고
자식들이 비단 덧신에 노자까지 얹히니
얼굴부터 다시 덮고 싸매더니
행여 남았을지도 모를 이생에서의 미련까지
손발 꺾어 없어진 중심에 단단히 붙이고
일곱 개의 매듭으로
어깨부터 발끝까지 간단히 정리된
백한 살 생

친정과 시댁이 모두 서당집이었기에
겨우 몇 권의 서책과 글자들로 재갈 물려졌을
젊은 날의 허기지고 모진 시간들
40여 년 전에 먼저 보낸 큰아들 내외
너무 일찍 비수가 되었을 가슴 속 삭정이와 폐곡선들
까지
그의 일생이 둥치 하나로 가뿐히 뭉뚱그려지고 있다

자손들의 마지막 손길 잠시 스친 뒤
직선으로 정리된 시간이 반듯하게 뉘어지고
미처 다하지 못했을 생의 여백마저
손수 준비해 두었을 두어 벌의 옷으로 채워져서
쿵! 닫혀졌다

싱크홀

아직도 출렁이고 있을까
수백 송이 꽃모가지 짓이긴 채 '세월'을 삼켜 버린 그
바다는
다 어디로 갔을까
팽목항의 노란 리본들 기억하자던 그 약속은
꼭 함께 하겠다고 머리 조아리며 표를 구하던 뉴스의
인물들은
왜, 어디로 빨려들었을까
그 많던 석촌호수나 저수지의 물들은
언제부터 누가 가로챘을까
길 가던 사람이나 자동차들까지 확 삼켜 버린
아스팔트의 대책 없는 그 식탐은

의문은 늘 질문에서 끝나 버리곤 하지만
그래도 학창 시절 질문을 했다는 것만으로도 칭찬받은
적 있기에
질문은 밥이 되고 힘이 세다는 오랜 그의 믿음 아직은
살아 있어

그런데 정말 찾을 수 있긴 있을까
연달아 함몰된 그의 회사와 가족과 친구들을
이제 대리 운전이나 어떤 알바도 할 수 없는 그가
전화기도 통장 거래도 할 수 없는 투명 인간인 그가
마지막 남은 의문을 붙들고 차마 발화는 아껴 둔 채
후배 녀석이 잡역부로 있다는 조선소 근처를
며칠째 서성거리고 있는
지극히 '호모 루덴스' 적인 하루

전화기를 떨어뜨렸다

가을비와 함께 온 친절한 문자
제 이승 마감 준비를
어디에서 언제까지만 한다는 따끈한 소식
아직 피가 멈추지 않은
그의 핸드폰 목록 덕분이리라

막히는 길보다 내가 더
동맥경화에 심근경색을 치달고 달려갔더니
꽃보다 환한 웃음으로 맞이해 준다
이제 겨우 쉰을 갓 넘었다는 그가
일 년 함께 근무한 뒤 쭈욱 소식 모르다가
재작년 여름 이십년 만에 딱 한 번 마주친 그가
동굴 입구를 환하게 밝히던 그가
그 불빛에 온몸 전율케 하던 그가
거기 있었다, 그렇게

그 속에 나는 없을 테고
내 속에만 있는 그

즐비한 화환의 꼬리표 그 어디에도
나와 그의 관계를 규명할 것은
아무것도 없었다

언제 한 번 보자 보자
언제 밥 한 번 먹자 먹자 해 놓고
한 번도 못했던 그가
결국 약속을 지키긴 지켰다
웃으면서 그가 주는 마지막 밥 한 그릇
이왕 사줄 거면 먹을 만한 걸 사 주지
낯선 상 귀퉁이에서
잘 넘기지도 못할 눈물 국밥이라니
종이까지 깔아 주는 정갈한 밥상이라니

차마 다시 보지 못하고 나오면서
끝내 묻지는 못했다
어디로 가는지
왜 그리 서둘러 가는지

아니 날 기억이나 하는지

언젠간 삭제해야 할 번호 하나
그가 주는 마지막 선물
그걸 받아들고 나오다
주차장에서
전화기를 툭!
떨어뜨렸다

소금꽃

수도 없이 고쳐 쓴
햇빛 날빛의 이력서와
셀 수 없는 수차돌림이
있어야만 겨우
필까 말까 하던 너였는데

오십 훌쩍 넘은 아들네
쓸어 담을 빗자루 하나 없이
풍비박산
뒤늦은 소식에
쉬 피어 버린
어미의 가슴 속
허연 먹꽃

라라라 우리 사랑 영원히

―본적: 전북 정읍군 정우면 신복리

　성명: 김영원(주민번호 240402-1****)

　전직: S은행 종로 지점장

　위 사람을 잘 아시고 지금 있는 곳의 정보를 가지고 계시는 분 현재 생존하고 있다는 증거를 가지고 계신 분은 서필부(부인)에게 연락 주시면 일금 오천만 원을 사례금으로 지급하겠습니다

　서필부 연락처 010-123-4567

　김영원은 부인 서필부의 재산을 많이 횡령하여 도피중이며, 1995년에 사망하였다고 가묘를 만들었고

　2002년에는 김영원의 2녀가 의사의 사인 진단서 없이 두 명의 보증인을 세워 사망 신고를 하였음

　1998년 지인의 결혼식에 나타나 축의금을 주고 갔으며, 최근 2006년도에 같이 마작을 하였다 한 사람도 나타났음*

86세 그는 어디 있나

수수께끼와 숨바꼭질로 남은 그는

가묘와 사망 신고 사이
축의금과 마작판 사이
당신 어디 숨어 있나 라라라
끝까지 함께 하고파 라라라
'여필종부' '아직도 그대는 내 사랑' 이야 라라라
당신과 나 사이 재생 불량성 빈혈
특진료! 오천만 원 투자했으니
우리 사랑 영원하리 라라라

* 2009년 11월 어느 날 일간지 광고.

발의 암각화

연휴 마지막 날 저녁의 찜질방
토굴방 황토방 산소방 휴게방
허리 낮춰서 비로소 얻게 된 제 이름들로
폐쇄의 자유를 선택한 맨발들 즐비하다

뭉툭한 저놈 뭔가 의뭉함이 묻어 있어 살금살금에 눈
치를 달고 다녔을 저것 뒤축 없는 저 비밀스런 가벼움
좀 봐

고 옆놈 발가락 뒤쪽엔 아직 탐욕과 과시의 때가 남아
있군 시도 때도 없이 걷어차거나 턱없는 거드름을 싣고
다녔을 저것 저 힘줄 좀 보게 쓸데없이 쾅쾅 제 아래를
내려치곤 했을 저 졸렬한 힘줄기 말야

에구구, 고 다음 놈은 발바닥까지 불안이 둥둥 떠 있
어 노상 발등에 얹고 다녔을 저 초조와 동동거림의 지
도, 어제와 내일이 '안 봐도 비디오' 네 뭐

비쩍 마르고 갈라진 저 막대기 같은 놈 출렁이는 시간
의 어깨를 많이도 밟아 왔을 저 화상은 메말라 가는 제
영혼의 소리까지 거기다 올려놓고 있어

저것들, 어느 때까진 비슷비슷 했으리라 꽃잎 같은 조
막손 같은 뽀얀 발등과 꼼질거리는 발가락들 사이로 그
저 실바람에 간지럼 무등이나 타고 놀았을 저것들이 오
늘은

놓아 버린 시간의 실핏줄 걷어 올려서
제 숨은 역사를 듬성듬성 홈질하며
경전 한 구절씩 들려주고 있다

아직도 장전 중

정말 꽃이었을까, 그 향기
바람의 눈동자였을까, 그 눈빛
아니 비탈이었을까, 결코 오를 수 없는

당기면 통째로 튕겨나가 버릴까
화약고 가둔 심장 폭발해 버릴까
꼭꼭 눌러 까치발 저린 걸음으로
붉은 시간만 장전하고 있는 사이
사정거리를 벗어나 버렸던

확 당겨 보지도 못한 방아쇠
끝까지 붙잡아 보지 못한 눈
제대로 붙들어 보지 못한 손

언젠가 있을지도 모를
그 힘찬 발사를 위해
아직도 놓지 못하고 있는
녹슬지 못하고 있는

그를 향한
방아쇠

리퀴데이터Liquidator*를 찾습니다

어디 없나,
니콜라이 이사예프** 같은 사람
천지 사방으로 뜬 봄꽃 폭격기에
기어이 격추당하고야 만 사랑의 원전
그 낭자한 선혈 어찌할 수 있는 사람

겁도 없이 마구 분출되고 있는
저 핑크빛 방사능
아직 핵 연료봉은 못 찾았다는데
사방 수백 킬로쯤은 단숨에
소문의 쓰나미로 휩쓸어 버릴
달디단 불 헛바닥들을
덩달아 달뜨게 될 출렁 가슴들을
단박에 잠재울 수 있는
이 봄 통째로 해체 수습할 수 있는 사람
그런 사람

그동안 몇 번의 미량 유출 사고야

즐거운 외면外面으로 덮을 수 있었다지만
이 '봄날 방송국' 전 채널에서
당장 속보로 뜰 것이 확실한
이 고농도 봄의 점액질을
말끔히 닦아 줄 수 있는 그런
미운 사람, 어디 없나

* 해체 작업자, 청산인.
** 체르노빌 원전 사고 후 해체 작업에 참여했던 사람.

비정규직, 글썽글썽별의 자서전

믿어 주세요,
좀 있는 집에서 태어나
촉촉한 것만 먹어 가며 자알 자라왔다는 걸

가끔 제 눈에서 반짝이는 물기 같은 거 보셨잖아요
그건 바로 단물만 먹고 자란 여유의 흔적 아니겠어요
그러니 거듭되는 허방다리 건너는 것쯤 일도 아니죠
고가 사다리든 전망대든 옥상이든 담벼락이든
다 올라가서 오래오래 잘 버틸 수 있다니까요

거기에다 아무도 쳐다보지 않는 마른 하늘에
온몸으로 찍는 핏빛 그림도 좀 그릴 줄 알지요
더구나 덩치가 좀 있어 뭉텅뭉텅 잘도 찍어진다니까요

그리고 잘 아시죠
저런 것들은 결코 나랑 상관없다는 것
달도 없는 초겨울 밤 꽁꽁 언 빨래마냥
개켜지지도 않고 주저앉을 수도 없이

서걱대기만 하는 저 울음뭉텅이들 말이에요
참, 까치발 같은 것은 더욱
내 포즈가 아니라는 것도요

거대한 성문쯤이야 성큼성큼 가서
빗장도 확! 풀 수 있는
그런 힘이 얼마든지 아직 남아 있다니까요
거기에다 편하게 기댈 수 있는
마른 감나무 가지도 몇 개 더 있으니
헛발질 헛손질로라도 쭈욱 쭉 가다 보면
설마 하늘 모퉁이에 무슨 길 하나 못 내겠어요

글썽글썽 잘도 빛나는
별, 나는 별이니까요

그가 왔다

살구꽃 그늘에서 손가락 걸지 못하고
종달새 마을 도도리방 길에서 손목 놓고 온
돌아보지 않고도 보이던 자전거 은빛 바큇살
저수지 풀밭 위에 흑백사진 하나 내려놓고 간
차마 동구 밖까지 따라 나가지 못했던 그
아무것도 아니고자 했던 그

그가 왔다
이십수 년 만에
바람에 밀려 밀려서
그냥
그냥일 뿐이라며
지금
내 앞에
와
있다

와온에서 와온을 찾네

박차고 나가려는 시간의 허리를 부여잡고
몇 시간을 달려갔네 겨울 순천만
갈대숲을 만나러
그의 허리 휘고 꺾였어도
뿌리 아직 정정하다는 바람 메시지를 받고
이정표를 보고 네비를 켜고
대형 버스의 몸뚱이로 달려갔으나
갈대숲은 나타나 주지 않고
몇 번의 후진과 차로 변경 후에 다다른
와온, 어스름의 정류소
표지판엔 앞 정거장도 다음 정거장도 와온
와온이라니 그는 어디부터 어디까지인가
어디 갔나 와온 어디 있나 갈대숲
와온에 와서 없는 그를 찾아
뒨전뒨전 어둠을 밟고 있네

목구멍 통화

마아니 아프냐
—죽을 만큼은 아냐, 아직

니가 아프면
—바람이 많이 부네

옆에 아무도 없냐
—비도 올 모양이야

내가 갈까
—알잖아, 안 된다는 것

제발 아프지 마라
—비가 오네

목구멍에 터억! 걸리는
저 고고학적 거리

오십 근황

죄송합니다

아직도
그 남자와
살고 있고

여태
하던 일을
그대로 하고 있습니다

내일은
꽃이 핀다는 소식
들었습니다

아직
기다리고 있지요

지독한 봄날

강물 에돌아 성곽을 쌓은 그곳
수십 년을 건너온 시간 한 움큼이
지난밤 내내 이름 모를 새소리로 울었다

강을 휘돌던 바람 소리 아물고
함께한 발자국 아래서 잔돌들이 눈뜨고
눈길 주던 강물이 아침을 여는데

지난밤 희미하게 돌아서 간
그의 뒷등을 물고 온 아침은
성곽에 붉은 깃발 저 혼자 펄럭여쌓고
비켜선 산기슭엔 철쭉꽃만
낭자한 선혈로
방점을 찍고 있다

'우리'에 관한 긴 보고서

내가 너를 사로잡았다고
네가 나를 묶어 두었다고

접고 접어 둔 만 마리의 학을
바람에 다 놓아 주었을 때

긴 터널 지난 뒤
잠시 내려 웃을 수 있는

오래된 역사驛舍
햇살로 여닫는 개찰구

그 발걸음들 속을
가만히 걸어 나오는 순간

새삼스럽게 당신을 열람하는 시간

언제부턴가요
당신과의 사이
뭉툭해지기 시작한 공기가
손끝에 침 발라가며 넘겨 봐도 들춰 봐도
접힌 마음의 페이지들 쉬 펴지지 않는 것이

알아요?
지난 시간의 꽃그늘만 모아도
봄 한철은 거뜬히 펼칠 수 있을 텐데
언젠가부터 그 많은 손짓 발짓에도
서로 닿지 못하는 시간의 변두리
이스트 한 술 없이도 잘 발효되었던 우리가
얼마나 굳어져 가고 있는지를

모퉁이 밝혀 주던 그 쏟아지던 웃음들
그걸로 세웠던 500촉짜리 가로등 불 아직 있는데
해도 해도 해석 불가한 오늘의 당신
그 흔한 문장부호 하나도

각주나 미주의 친절한 기색도
없이 열람 번호 힌트 하나 그것마저
없이 다, 어딜 갔는지

막차 정류장에서 오래오래 흔들던
유리창 너머 아련한 그 손짓도
들이치는 빗방울에 서로 자기 어깨 내주겠다던
우산 속 그 푸른 다툼들도 다
어디
어디

포식과 포만 사이

한동안 머물렀던 생각의 부름켜들을
정리하는 건 차암 간단했다
이사를 앞두고 정리한 책들을
승용차 가득 두 번이나 싣고 가서
대성자원 구석에 내던지는 건
너무 쉬웠다

밑줄 그어 가며 각인시키려 했던 뇌운동의 지도와
마른 침 삼켜 가며 넘기고 넘겼던 시간의 무게들과
뭔가 조금은 알 것도 같은 두근거림에 뜨거웠던 순간
들도
잘 안 읽히던 행간의 그 머뭇거림까지도 모두 얹어
오랫동안 걸어온 가족의 불빛 역사를
아주 간단히 정리했다

고물상에서 횡재한 그 돈으로
셋이 칼국수를
배불리 먹었다

그러고도 아직
손에는
구천 원이나
남았다

4

만화방창萬化方暢

만화방창

흐드러진 섬진강변 매화 향기에 취해 놀다가
오던 길 다시 돌려 잠시 들른 곳
문 앞 가득 뒤축 닳은 슬리퍼들이 나뒹굴고 있다
쭈볏쭈볏 방문 열어 무턱대고 엄마를 찾으니
—워매! 누구다요?
—뉘 집 딸이다요 며느리다요?
—아니여, 시방 우리 며느리가 돌아왔능갑소
반가워 한꺼번에 일어서는 환한 질문들
주억주억 인사를 드리고 쳐다보니
꽃 마중이라도 나가시나,
저마다 주름진 목덜미에 꽃무늬 스카프들
처음 두어 분이 사서 매기 시작한 게 장날마다 너도나
도 였단다
꽃도 열매도 울혈 내장까지 다 내어 주고 빈
고목에 단돈 이천 원으로 연분홍 꽃을 매단 할머니들
예순 넘은 아들 밥 걱정에 시도 때도 없이 집엘 가거나
금방 먹은 약을 자꾸 먹고 또 먹는 금패네
그 약봉지 뺏아 놓고 시간 맞춰 챙겨 준다는 영수 어

메의 찡긋 눈길

　식은 통닭 조각도 먼저 간 사람 몫까지 챙겨 두는 두 삼이네

　굽은 허리 아픈 다리

　온몸이 종합병원 간판처럼 내걸고도

　너도나도 부침개에까지 설탕을 찍어먹는 초미각超味覺

　누웠다가, 기댔다가, 둘러앉았다가, 손사래 치다, 맞장구치다

　졸음 반, 웃음 반, 사방 연속 꽃무늬 속으로 하루를 흘리고 흘린다

　평생 논두렁밭두렁에서 보낸 시간의 지주망蜘蛛網 엔

　허공의 바람 가를 튼실한 무엇 하나 내걸었는지 어쨌는지

　농사철이면 자의반 타의반으로 다시 불려 나갈 수 있는

　스물 하나 중 스물이 짝 먼저 보내고 혼자라는,

　방 안 가득 무더기로 오종종 피어 있는

　칠팔십 줄의 저 허연 망초꽃들

　신월리 경로당

소리 완장

마이크 인생, 맹희 아부지 돈수 씨

해거름이면 구슬치기를 하다가도 깡통차기를 하던 중
이라는 것도 잊고 몰려가는 바람에 술래에게 갑자기 찾
아야 할 친구를 빼앗아 가던 그 소리
　—주민 여러분, 오늘밤도 꼭 오세요 여러분의 중앙극
장으로, 재밌는 영화가 여러분을 기다리고 있어요 이 영
화 못 보면 펴엉생 후회해요, 처녀 총각들 이 영화 안 보
면 시집을 못가요 장가를 못가요, 오세요 오세요 저녁
묵고 언능언능 오세요

골목길 환한 어둠을 몰고 나타나는 그 소리 얼마나 부
러워했던가 열린 차문으로 색안경 끼고 떠억 버틴 그 어
깨를, 아저씨 손에 든 그것이 마이크였는지 확성기였는
지 거기에 대고 빼액! 소리 한 번 쳐 보는 게 소원이었지,
그나마 차 뒤꽁무니를 잡을 수 있을 만큼 서서히 달려
준 것 그것만으로도 우린 마냥 좋아 좋아라

가을까지도 마이크는 꼭 아저씨 것이었지, 추석마다
마을 회관 우산각에서 열리는 콩쿨 대회, 어른들의 처지
는 노랫가락과 언니들의 간드러진 소리 오빠들의 개다
리 춤에도 눈꺼풀은 점점 무거워지기만 할 때쯤 두구두
구두구……

왜 그리 뜸은 들였던지, 솥단지와 냄비나 양동이 주인
불러 내는데 마이크로 하나로 온 동네사람들 귓바퀴를
어찌 그리 치켜 올려놓던지, 우리 식구 중 누구도 마이
크 한 번 못 잡았는데 왜 그리 정자나무 둥치에 온몸 기
대고 숨죽이며 실눈에 귀까지 막았었는지

—에~에~ 주민 여러분께 알려 드립니다……
여름휴가로 내려간 고향집 아침이 또 벌떡 일어난다
엄마 홀로 마당의 채송화들 흠칫, 기지개를 거둔다
이장님, 동네 공영 방송만 또
33년째란다

서셴

빼꼼히 열린 철대문 사이로
행랑채 마루 끝에 오도카니 점 하나
장마 끝 이끼 푸른 마당 건너
토방 댓돌 위에 버려진 삭정이 발목
초점 없는 눈빛이
대문 틈으로 건네는 인사에도 묵묵부답

그의 심한 난청은 아무에게나 '서셴'이라고 쉬 불렸
다. 동네 애들에게도 그 이름은 그냥 '서셴'이었다 아무
때나 누구나 소리쳐 부를 수 있었던 차암 쉬웠던 이름
  너무 쉬운 그에겐 늘 빗자루가 들려 있었다 누가 뭐래
도 뭐라 소리쳐도 그저 비질 몇 번이면 다 쓸려가 버렸던
말들, 언제나 마당 구석까지 빗살무늬를 선명히 그리던
  눈 오는 날이면 긴 골목 먼저 비질해 오던 '서셴' 덜 깬
눈 억지로 비비며 대문 열고 나가면 벌써 우리 집 쪽으
로도 절반 이상 쓸어와 버려서 골목 눈을 쓸어 볼 기회
조차 안 주던 욕심쟁이 '서셴'
  언제나 비질 자국 선명한 마당과 반짝반짝 윤이 나던

마룻장에 쓸쓸한 정갈함이 피어나던 골목 끝 그 집

  지독한 장마 잠시 멈추었는데도
  마루 끝 젖은 고추 말릴 생각도 없이
  온 마당 무성한 풀 뽑을 생각도 없이
  안채 문고리에다 물끄러미만 던지며
  먼저 간 할멈 지청구나 더듬거리고 있는
  철 지난 늬우스의
  저 비 내리는 필름

추신

벌써 몇 번이나 놓고 갔다 택배 아저씨
햅쌀과 햇서리태와 막 딴 장두감 상자에
엄마의 가을 다 들고 와서는

그런데 뒤늦게 퇴근길 우편함에서 보았다
삐죽이 흰 손 내밀고 있는 가랑잎 하나
연필심 꾹꾹 눌러쓴 큼지막한 주소다
긴가민가, 7층까진 너무 멀다
현관에서 신발 덜 벗은 채 열어 보니
뒤뚱뒤뚱 낯 붉히며 걸어 나오는 글자들
초등학생용 공책 낱장에 꾹꾹 박힌
생전 처음 보는

'벌써 날씨가 쌀쌀헌디 애들도 잘 있고 최서방도 건강
허지? 너도 운전 조심허고 애쓴다 그래도 니가 성공해서
항시 고맙다. 엄마 글씨가 좀 그렇쟈……?'
순간 형광등 불빛으로 켜지는 가방 하나, 지난 추석날
장롱 틈에서 꺼내 본 빨간 보조 가방 마을 회관 노인 학

교에 들고 다니라고 막내가 사 줬다는 가방 스케치북과
크레파스와 받아쓰기 공책이 함께 들어 있던 여든넷 신
입생의 가방

　자꾸만 희미해지는 불빛
　뚝뚝 끊어지다 번져 가는 문장들
　얼른 봉투에 집어 넣으려는 순간
　부끄러이 대롱거리는 낱말 하나 '뒷장'
　얼른 뒤집어 보니

　'추신: 숙제다, 시방 편지 한 번 써 보랑 것이……'

난 아무것도 듣지 못했다

무담시 그냥 이러고 있제, 시방
말레*로 나왔다 방으로 들어갔다 뭐 그러제
느그들은 어쩌냐 다 별일 없는 거제
나는 혼잔디 뭐, 시상 신간 편허제 뭐
여그는 시방 비 온다 거그는 어쩌냐

낮의 늦더위를 언제 탓했냐는 듯
조금 찬 바람결이 싫어 창문을 닫다가
문득 집어든 전화기
미수를 앞둔 엄마의 목소리
보름 전 고모 장례식장에서
느그 아부지 형제는 다 갔응께 인자 내 차례것구나
하시던 엄마

왜 집에 계서요 그 집에라도 놀러가시잖고
그 할매 손자 여운다고 서울 갔다
그럼 어디 다른 집에라도 놀러 가시지 왜
하루 죙일 말레에 누웠다 앉았다 헌디 뭐

내일이면 그 할매 서울서 내려온다는디 뭐

저녁은 좀 드셨어요
니가 추석에 사다 준 반찬거리로 밥은 묵었다
뭐 비싼디 그렇게 많이 샀냐
그건 너무 퍽퍽할 텐데
한 가지만 드시지 말고 이것저것 챙겨 드셔야 하는데
매운 김치 못 드시면 다른 야채라도 좀 드셔야 하는데

걱정허지 말어라 잉 나는
배만 따땃허고 좋기만 허다야
긍께 느그들이나 항시 건강해야 쓴다 알았제?
나는 참말로 암시랑토 안허당께
암시랑토

* '마루'의 전라도 사투리

121

진태네

어른들은 그랬다 다 월남에서 온 거라고
내 아들도 월남 보냈으면 더 잘했을 거라고

동네에서 선풍기가 가장 먼저 들어오고
흑백 텔레비전이 가장 먼저 들어오고
대나무 사립문이 떠억 양철 대문으로 고쳐지고
초가지붕에 검은 기왓장이 얹혀졌던 집
그 집 앞을 지날 때면 담벼락에서도
뭔가 달보드레한 냄새가 날 것 같던 그 집

그 집 마루 끝 텔레비전에서 나오는
〈수사반장〉과 〈여로〉를 보고 있으면
덜 마른 콩대 모깃불도 매운 줄 몰랐고
마당 멍석자리는 하나도 안 까끌거렸고
어디 밤에 쏘다니냐 아버지께 혼쭐이 나도
돌아서면 실실 웃음 먼저 나오게 하던 그 집

그 속에서 우린 저마다

제 빛깔의 꽃들을 키우고 있었다
분명 월남은 무지하게 좋은 곳일 거라고
우리도 오빠가 하나만 있었으면 정말 끝내줬을 거라고

어쩌다 그 할아버지께 심부름을 시키면
동생과 서로 가겠다고 다투게 했던 그 집
손에 쥐어 주는 하얀 독사탕
빨아도 빨아도 잘 녹지 않던 그 독사탕보다
더 다디단 그 무엇이 자꾸 있을 것 같던 그 집
수돗가 나무 역기도 진태 오빠 돌아오기까지
당당히 세월을 잘도 버텨 주던
시간 푸른 그 집

휴가 때 내려가 동네 한 번 비잉 둘러보다
그 집 대문 앞에서 불쑥 마주친 할아버지
고엽제 빛깔로 허얘진 진태 오빠
듬성듬성한 곱슬머리 뒤로 허허 너털웃음만
담벼락에 주르르 미끄러지고 있는

맹물이 된 그
단물 빠진 깡마른
그 집

영술네

누구부터였을까, 그 집 사람들이 자진해서 특별하게 사라지기 시작한 것은

아마 그때쯤이었나, 멀쩡하던 큰 아들이 기찻길을 스스로 베고 누웠다던 그 밤, 동네에서 가장 먼저 딸을 대학 보냈다고 무담시 손가락질과 부러움을 함께 받고 있을 그 즈음

느티나무 그 큰 덩치가 더 잘 지켜주고 있었을 텐데, 돌담에 얹혀진 그 집 행랑채 귀퉁이에 떠억 버티고 있던 당산나무, 우린 그 그늘 아래서 여름 내내 구슬치기와 사방치기, 고무줄놀이, 공기놀이로 여름방학이 즐거웠고

어쩌다 안으로 들어가 마루 끝에서 앉으면 우산각 지붕 아래 뻰치기 하는 아이들의 소리가 환히 보이던 그 집

튀밥장사가 느티나무를 기대고 앉아 여름 한낮을 펑펑 튀어 내는 날이면 우린 종일 방방 뛰었지, 귀를 막고 납작 엎드려 있다가 달아오른 튀밥 기계를 긴 대나무 통

에 대고 확 제끼면 펑 하는 소리에 살짝 오줌을 질금거리기도 했던가, 하얀 연기 속으로 우르르 달려와 땅바닥에 흩어진 강냉이 튀밥이며 보리쌀 튀밥을 주워 먹던 아이들, 그 소리만큼 펑펑 놀라다 다시 잘게잘게 흔들리던 느티나무 가지가 내려다보던 그 집

그래서였을까, 몇 년 지나지 않아 아직 퍼런 나이 아저씨가 휙 떠나 버렸다더니, 그리도 염결하던 그 아주머니마저 어느 새벽 목욕재계 하고 홀연히 사라졌다니, 아파서라고 하기도 하고, 성공했다고 하는 아들 하나밖에 없는 그 며느리가 한 상에서 밥도 못 먹게 해서라고도 하고, 그래서 제 성격대로 스스로 갔다고 수군대기도 하고……

그 후 닫히기 시작한 대문 앞에는 아이들도 튀밥 장수도 오지 않는, 느티나무만 멀뚱멀뚱 지키고 있는, 몇 달에 한 번씩 아들네가 오고 갔다더니 그 해 여름을 채 넘기기도 전에 그 며느리마저 몹쓸 병에 걸려 사라져 버렸

다는, 그 시에미가 서둘러 잡아끌었는지도 모른다는 수
근거림만 떠도는 그 집

　이제는 아주 닫혀 버린 그 대문을 바람만 가끔씩 빼꼼
히 열고 들어가 마루까지 뒤덮은 풀섶에게 훠이훠이 뭔
가 묻고 간다는 그 집

　한 번 보고 온 뒤
　지난여름 내내 나를 붙잡던 그
　집

옥걸네

바람의 문자로도 파발 하나 닿지 못했는지
행여 지나는 눈길 하나 받았는지 못 받았는지
골다공중 관절염으로 한쪽 허리 삭아 내린 돌담
이미 마루턱까지 진군한 잡초들의 푸른 반란에
흐드러진 망초꽃대가 접장 흉내를 내고 있는 집

언젠간 다시 일어서자고 누군가
비밀 회합 주선하여 전의를 다지긴 다진 모양이다
삐걱이던 나무 정지문이 알미늄 미닫이로 바뀌어 있고
아직 온몸 망초꽃 비음琵音으로 서 있는 저 LPG가스통
을 보면
삐뚜름 녹슨 철제 대문 어깨 너머로
다 데려가지 못한 그들의
내일이 서성거린다

열에서 두어 개는 모자랐을 그 집 큰며느리, 턱없이
큰 눈에 멀건 흰자위에는 늘 서늘한 달빛이 묻어 있었던
언제나 느릿느릿 큰 덩치로 빨래만 하던 묵음의 그녀

누구의 말에도 그저 누런 이로 웃기만 하던 그녀가 어느 날 쫓겨났단다, 들온 지 십여 년 만에 단짝이었다던 동네 친구 마누라와 눈맞은 남편에게

새삼스럽게 애를 못 본다 살림을 못한다 말도 더듬는다는 시어머니의 뒤늦은 타박까지 옴팍 뒤집어쓰고

그녀가 떠난 뒤부터 남편은 시름시름 앓다 가고 쨍쨍하던 시어머니도 몇 년 새 고꾸라져 버리고, 그녀 대신 잡초들만 마당에 나서기 시작하더니 채 덜 큰 애들은 친척 손을 전전하다 하다 그래도 일 년에 두어 차례는 점을 찍고 가더라는

휘어진 돌담 사이 푸른 이끼까지
쨍한 여름 햇살로 포옥 감싸 주고픈
옥절네, 그 집

수길네

처음 알았다
산이 집을 지킬 수도 있다는 걸
초등학교 2학년 때인가
언니 따라 산딸기를 따러 간 뒷산 중턱쯤에
포옥 숨겨져 있던 그 집

어른들은 산지기 그 아저씨가 산을 지킨다고도 했고
산이 그 집을 지켜준다고도 했다. 무섭냐고, 산이 좋으
냐고 자꾸 물어봐도 대답 대신 빙그레 산딸기 몇 개만
내 양은 도시락 통에 슬쩍 넣어 주던 그 집 영자 언니

언제부터 동네로 내려와 살게 되었는지, 산이 품어 키
운 가족이 줄줄이 있었다 쌍둥이라는 걸 처음 알게 해
준 쌍봉이와 쌍철이, 저녁때면 형 쌍봉이는 늘 염소나
몰고 가면서 휘파람 연습이나 하는데 그 뒤에서 동생 쌍
철이는 소고삐를 바투 쥐고 땀 뻘뻘 흘리며 가고, 꿈벅
꿈벅 소를 닮은 큰 눈엔 늘 울음을 달고 다니던 울보 코
흘리개……

다 어디 갔을까, 산일을 해야 안 아프다던 그 집 아부
지와 눈빛이 유난이 무섭던 수길이 오빠 뾰족한 얼굴 수
철이 오빠 영자 언니, 너무 다른 쌍둥이들은 다아 어디
갔을까

　여름 휴가철에 간 고향 동네
　삐뚜름한 돌담길에 이어 거칠게 쌓아올린 블록 담장
너머
　몸집도 웃음도 산처럼 푸짐했던 쌍둥이네 형수 혼자
서
　다 기운 몸뚱어리로 온 마당에 달빛 족적만 찍고 있는
　빈 산 그림자, 그 집

만선네

무너진 허리를 40여 년째 받치고서 동네 구석구석을
잘도 굴러가는 바큇살, 옆집 상량을 하다 무너진 허리로
도 거뜬히 받들어 낸 40여 년 속에는 8남매 중 최초로 서
울로 대학을 보낸 막내아들 자랑이 마르기도 전에 영문
도 모른 채 자취방에서 시신으로 발견된 뒤 한동안 말을
잃었다던 그 집

어려서부터 약간 아쉬운 막내딸까지 결국 일찍 가슴
에 묻어 놓고도 티 하나 안 내고 동네에서 주말 미사를
가장 열심히 다닌다는 그 집

가르치지 못한 큰딸이 너무 효도해서 미안하다고, 방
앗간을 하면서 일 년 내내 반찬거리부터 살림살이를 다
갖다 나르며 동네 노인당에까지 가지고 온다는 그 딸,
줄줄이 자식들이 저마다 고치 둥지를 틀고 살아 준 것만
으로도 그저 고맙고 고맙다를 입에 달고 사는 그 집

동네 남자 중 가장 어른이 되어 버린 휠체어 40년, 애
쓰네 애쓰네 하면 일주일에 두어 번씩 사회복지사가 다

녀가서 하나도 안 힘들다고, 저렇게 멀쩡한데 뭐가 걱정
이냐며, 점점 무너져 가는 동네사람들 허리를 소리 없이
받쳐 주고 있는 그 집

　　—사람 일이란 것은 당최 길게 가 봐야 안당께 저 집
영감이 어떻게 저러코롬 오래 살지 알았것어, 세상 많이
좋아졌지라 그렇게 말이라 우리 집 영감은 원 머시 그리
급하다고 그렇게 가부럿능가……

반가사유상과 밤새사유상

—정순옥 시집, 『얼룩은 읽히지 않는다』

반가사유상과 밤새사유상

—정순옥 시집,『얼룩은 읽히지 않는다』

이 병 금(시인)

정순옥 시인은 2004년《시와시학》으로 등단해서『세상의 붉은 것들은 모두 아프다』(2006년),『뒤꿈치 자서전』(2008년)의 "붉은 항해일지"를 엮어 냈다. 2014년 세 번째 시집『얼룩은 읽히지 않는다』의 함묵하는 언어 뭉치를 받아들고 몇 군데 누빔점을 짚어 가면 그녀가 살아온, 살고 싶은 '그곳'이 어떠한지를 알 수 있다. 맨발로 걸어가면서 그려 낸 등고선으로 어느새 접어들 수 있다. 시집에 펼쳐진 세계는 현실에 근거하고 있지만 그녀만의 언어로 재구성된 이후에는 독특한 시공간을 만들어 내며 그 시간의 칩 속에 들어선 사람에게 잊었던 창을 되돌려준다. 그녀는 자신이 만든 세계가 살아 있는 몸인 듯 쉬지 않고 걸어가면서 문득 블랙홀 근처로 너무 깊이 빨려들었음을 깨닫기도 한다. 그 회전력에 피가 튀고 살이 찢겨지면서 외마디 비명을 질러 댄다. 정신을 차려보면 검은 회오리 밖으로 튕겨져 나와 어느새 은하수를 건너 고향의 돌담 아래 선다.

시집 한 권이 시인의 영토라면 중심점이 있을 것이고 그 중심점을 향해 계열화된 사건들이 궤도 운행을 할 것이다. 그 특이점을 향해 가까이 다가가 보자. 시를 만들 때 그녀는 그 질료를 관념이 아닌 현실에서 가져온다. 그녀의 내부, 시를 만드는 공장에선 담금질된 언어를 통해 특별한 공간이 생성되며 이것이 다시 외부와 소통한다. 그녀의 세 번째 시집은 그 구성된 질료에 따라 4부로 분류해 볼 수 있는데 1부, '꼬리 따기 놀이'의 17편은 현실에서 벌어지는 모순성을 시니컬한 목소리로 대응한다. 2부, '납작'의 21편은 그녀가 그리는 당위의 세계와 현실 세계가 가까이 접근하면서 겹쳐지거나 비껴간 사건들이 모자이크처럼 펼쳐진다. 3부, '반가사유상'의 19편은 세상 속에서 그녀의 몸이 블랙홀로 빠져들면서 온몸으로 감지한 "망망대해" 속 "지도 한 장 없이" "붉은 맨발"로 수습한 언어들이 아프게 박혀 있다. 4부 '만화방창'의 10편은 지금은 떠나 왔지만 한 번도 잊은 적 없는 고향의 따뜻한 주름들이 펼쳐진다. 수십 년 전 떠난 그곳이 고스란히 살아 그녀 안에서 관계 맺으면서 확장하거나 응축하는 실체임을 확인한다.

두 번째 시집 이후 6년의 시간이 흘러가면서 강력하거나 소소하거나 눈부시거나 어두컴컴한 사건들이 그녀를 관통했다. 67편을 4부로 나눌 수 있는 근거는 사건의 내용적인 면에서도 그렇지만 그것을 감싼 외피의 언어가 각각 다른 점을 눈여겨볼 필요가 있다. 현실의 모순성을 이야기할 때 사용하는 언어적 터치는 너무 가늘지도 굵지도 않은 중필로 관찰자적 시점에 있다. 그녀의 거름망에 포착된 문제적 사건들이 날카롭고도 섬세하게 펼쳐진다. 그러나 3부에 이르면 그녀가 겪어 낸, 어쩌면 지금도 겪고 있을 블랙홀의 소용돌이 속에서 찢어지고 해체되어 그 형태를 간신히 맞출 수 있는 퍼즐의 언어들을 만날 수 있다. 뼈대가 훤히 비쳐 보이는 시들을 만날 때 불탄 흔적을 떠올릴 수 있어 아픔이 전이된다. 4부에서 고향을 그릴 때의 언어는 리드미컬하며 볼륨감 있는 이야기 시들로 구성되어 있다.

어느 하늘에서 내리는지 알 수 없는 비가 몸 속을 몇 날이고 퍼부을 때조차 그녀가 시를 떠올렸던 것은 기의와 기표들의 언어적 유희가 죽음에 이르는 고통을 끌어안을 수 있다는 믿음 때문일까. 언어로 집을 지어 잠시 숨을 고르는 동안 더욱 넓고 깊어져서 색깔 저 너머의 세계를 바라보게 되었을까. 세 번째 시집은 아프지만 다양한 문양의 사건들이 만들어 내는 시간이 풍성하다. 언제나 갈 수 있는 집, 그러나 가고 싶은 사람에게만 열리는 집, 시간이 천천히 흐르는 곳에 그녀가 앉아 있다. 다

가갈수록 발이 자꾸 빠져든다. 당신이 건져 올린 시꽃 잘 받았습니다. 젖은 불빛을 조금 더 가져가도 되겠습니까? 그녀가 첫 번째 시집 서문에서 들려준 말을 이제야 알아들은 것도 같다.

"마악 끌어올린 물이 아직은 그대로 먹기 어려워도 머지않아 맑은 물이 올라온다는 것을 믿기에, 그 물맛 더불어 더러더러 나눌 수도 있을 것이기에, 한 바가지 부어야 비로소 펌프질을 시작할 수 있게 하는 이 마중물 한 바가지를 겁 없이 확 퍼붓는다."

1. 세상이 미쳤다

현실과 이상 중 더 중요한 것이 무엇인가의 물음은 그녀의 세 번째 시집을 읽으면서 답을 낼 수 있다. 그 모든 세계는 따로 분리되어 존재하는 것이 아니라 초월 세계든 이상 세계든 현실 세계 위에서 구축되는 거라고. 현실 세계를 1층이라 한다면 어떤 집도 1층 없이는 그 위로도 그 아래로도 확장할 수 없다. 그러기에 그녀는 초등학교 교사 생활을 수십 년 간 해오면서 건강한 몸과 마음의 집을 지어 수많은 사람들에게 선물하고 있다. 그럴수록 더 튼튼한 집을 나눠 주고 싶은 바람이 강렬했을 것이다. 하지만 세상에서 벌어지는 일이 너무나 해괴하고 입이 다물어지지 않아 무엇을 어떻게 해야 할지 새삼스럽게 물어본다. 세상을 향해 욕질하고 마구 때리고 달래도 보았지만 조금도 달라지지 않는다. 이미 세상과 그녀 사이 끈이 끊어진 것도 같다. 그녀는 오래 갈아온 언어의 칼을 꺼내 암 덩어리를 도려 내고자 한다. 그러나 뿌리가 너무 깊어 쉽게 끊어 낼 수 없음을 안다. 현실은 마치 거대한 정신병원인 듯 앓고 있지만 그것에 대해 누구도 직시하지 않는다. 이런 세상을 시인은 몸통은 없고 꼬리들이 어지럽게 춤추는 세상이라고 진단한다.

주루룩 몰려가서 획 틀어서고
다시 옆으로 주루룩 엮어서 밀려가고
행여 떨어질세라 앞 사람 허리를 꽉 부여잡고

신발이 벗겨지거나 때론 밟혀 가며 쓸려 가며
상대편 줄 앞잡이의 거친 터치에 잡힐라
우리편 줄 앞잡이의 방향을 잘 따라가랴

술래에게 잡히지 않기 위해
줄에서 떨어지지 않기 위해
끝까지 살아남기 위해
운동장 흙먼지를 다 마시고도

삐끗하면 넘어지고 아차하면 놓쳐서

게임에서도 대열에서도 단숨에 탈락되는

시시각각 최후의 통첩

죽음의 가면무도회

　　　　　—「꼬리 따기 놀이」 전문

　현대에 이르러 권력은 외부로 드러나지 않고 내부로
숨어든다. '눈먼 자들의 도시'에서 사람들은 환부를 도
려 낼 수 없는 시뮬라크르 속에 살고 있다. 가령 권력에
비판을 가하던 시대만 해도 주체는 정확한 대상을 알고
있었고 그러기에 대상을 향한 당위성이 절실했다. 그들
에 대한 비판 의식으로 뜨겁게 깨어 있을 수 있었다. 그
러나 후기자본주의인 1990년대 이후 개인은 거대한 시
스템에 의해 관리당하고 심지어 사육되고 있다. 구조적
으로 피지배 계급은 지배 계급의 횡포에 손을 쓸 수 없
게끔 시스템화되었고 그들이 너무 억울해서 밤낮없이
일한다 해도 상류층으로의 진입은 불가능하다. 아무리
허우적거려도 갚을 수 없는 빚을 양산해 내는 경제 구조
는 마치 그들의 통제 구조처럼 작동한다. 고대나 중세에
만 노예제도가 있었던 것은 아니다. 고기 몇 점 던져 주
고 죽도록 일만 하도록 입력된 프로그램, 그런데도 그
줄에서 떨어질까 봐 목숨을 걸어야 한다. 겨우 얻는 것
은 "쥐꼬리"일 뿐이지만 이 대열에서나마 떨어지면 죽
음 이전의 죽음을 감내해야 한다. 시인은 이런 현대의

사회적 상황을 유사 죽음 증상으로 읽고 있다.

1부 전면에 '꼬리'에 관한 시들을 8편 배치함으로 구조적 모순을 향해 소리 없는 총을 겨눠 보지만 미친 춤사위가 죽음으로 끝낼 때까지 "피아의 가계도"는 멈출 것 같지 않다. "꼬리에 꼬리를 물고" 교육이나 정치, 경제, 사회, 문화의 각 층위에서 자율성의 주체는 사라졌다. 그렇다면 죽음에 이르기까지 꼬리가 꼬리를 붙잡기 위한 목숨 건 질주를 계속해야 할까. 시인은 이 '모래 언덕에서 문득 속울음 우는 붉은 이마'를 바라본다. "오늘, 새우깡 한 봉지 무게로 들어선 바닷가에서/ 왈칵! 만져지는 작지만 뜨거운 것들의 목울대/ 오랜 세월 어깨 걸고 버티느라/ 붉으락푸르락 병명마저 진단할 틈도 없었을/ 저 모래 언덕의 중중 울혈증/ 엎드린 시간들을"(「모래 언덕, 붉은 이마」 부분) 울혈증으로 엎드린 시간은 새생명을 품어 낼 수 없을 것인가. 시인은 시를 쓰는 한 희망을 포기하지 않는 마지막 사람이다. 17세로 노벨평화상을 수상한 말랄라 유사프자이에게서 그녀는 희망을 본다. 그러나 2014년 세월호 사태로 304명의 어린 영혼을 수장시킨 이 시대 대한민국의 국민으로 무엇인가를 희망하기엔 너무나 무력하다.

2. 엎드린 시간

현대 사회의 특징은 본질이 사라지고 그 자리에 가상 세계가 자리했다는 것이다. 이제 우리는 이전에 믿고 있었던 진짜라는 고정불변의 어떤 것이 있는가의 문제를 제기하기에 이른다. 아니 그 문제를 제기하는 것조차 망각하고 있다. 물론 가상 세계의 운용으로 많은 차원이 확장된 것이 사실이지만 인간 스스로가 발을 딛고 있는 현실이라는 지반을 흔들기에 이른다. 꼬리에 꼬리를 물고 날뛰는 "가면무도회"에서 원본이란 무엇인가의 물음을 하지 않을 수 없다. 그것만이 죽음으로 끝나는 춤을 멈출 수 있을 테니까. 시인은 어느 날 책장을 넘기다가 자신의 존재를 시간의 지층 속에 낙관으로 찍어 놓은 "나방 한 마리"를 발견한다. "무심코 책장을 넘기다 납작하게 눌린 생명"의 암각화를 본 순간 시간의 책력이 빠르게 넘겨지면서 그녀 스스로 한 마리 나방으로 돌려진다. 무수한 낱장의 시간 속에서 어느 페이지엔가 납작하게 엎드릴, 그런 존재의 아픔으로 깨어난다. 이렇게 납작하게 엎드리는 것이 죽음의 형식이라면 죽기도 전에 미리 납작해지지 말자고, '한없이 가늘어지지' 말자고 다짐한다.

무심코 책장을 넘기다 나온 비서秘書 한 점

인주도 없이 온몸으로 마른 낙관을 찍고 있는
나방 한 마리의 저 고고학적 몰입
누른 자의 손에서는 처음부터 존재하지 않았을
저를 눌리지 않기 위해 죽어라 제 몸 먼저 낮췄을
한 생명체의 저 뜨거운 평면화

정말 그랬을까
제 한 몸으로도
어느 문장 하나라도 바꿀 수 있을 거라고
어느 행간에 밑줄 하나는 그을 수 있을 거라고
정말 몰라서였을까
묶음의 악력 앞에서는 금방 고꾸라지고 말
낱장의 필연적 곤두박질을

숙인 고개로는 모자라 죽어라 엎드려 본 적 있다
직립의 꿈틀거림을 들키지 않기 위해
더 이상 눌리지 않기 위해
온몸으로 바닥에 존재의 비명을 쓴 적 있다
치솟는 불끈도 감추고 탱탱한 입체는 더욱 감추고

오늘 하루 살아남기 위해 제 꼭지 하나 지켜내기 위해
더욱더 납작해진 적
있다, 한없이 가늘어진 적

많고

많다

—「납작」 전문

더 이상 납작하게 살지 않기 위해 우선 찾아야 할 권리는 무엇일까. 그건 세상의 권력 방식과는 조금 다르다. 그녀는 「햇빛 권리장전」에 들어 있는 최소 재량권과 우선 처리권, 가끔 태만권을 시행해야 한다고 말한다. 그들에겐 그들만의 리그가 있고 코드가 있으며 셈법이 있지만 그런 셈법으로는 산적한 문제들이 풀리지 않는다. 뒤죽박죽인 삶을 다시금 풀어 가야 하는 거기 "넉넉 햇살 생각들로 누구나 채널 선택이 자유로운, 웃음 한 사발이면 평생 시청료를 면제해 주는, 그것이 헌법이 되는 존재의 공화국"(「하늘 방송국」 부분)을 세우고자 한다. 존재자들의 자유야말로 세계를 떠받드는 기둥이다. 정치, 경제, 사회가 바로 서기 위해선 그 뿌리에 해당하는 존재의 본질을 응시하는 눈이 긴절하다. 과연 시간이 무엇인지, 텅 빈 허무의 강물을 맨눈으로 들여다봐야 한다. 그래서 그녀는 사랑의 페이지를 아픔으로 채운다. "하염없는 그대 모래벌판에서/ 돋보기도 없이 거름망도 없이/ 시간의/ 사금을 찾고 있는/ 볼멘 사랑의 한 페이지"(『나의 앵강만을 그리며』 부분)

얼마나 모래시계를 돌리고 돌려야 사금 조각을 얻어
낼 수 있을까. 그러나 모래에서 사금을 찾고 있는 그동
안 "볼멘 사랑"의 목소리는 뜨겁게 시간의 페이지를 채
운다. 그녀는 강물 속에 모래가 쌓이고 그 위에 풀이 수
북하게 난 "풀등"이 물의 흐름을 막아서듯 사랑의 역사
를 바람 속에 쓸 수 있다고 말한다. 그러나 그 일을 실현
하는 것이 살아서 죽는 것처럼 힘겨웁다. 왜냐하면 "그
대 모래벌판에서 돋보기도 없이 거름망도 없이" 한 점
모래알로 어느 순간 휩쓸려 가고 말 것이기에. "당신의
공화국"은 "구름 지폐 몇 장과 바람 동전 몇 잎"이면 충
분히 다스려지는 나라일 텐데 "비만과 풍요로 멀미나
는" 세상을 바로 세우는 일이 쉬운 일이 아니다. 그녀는
"달빛 사서함"에 답장 없는 편지를 띄우다가 마침내 블
랙홀의 회오리바람에 휩쓸린다.

3. 밤새도록 생각하고 생각했다

그녀는 "국보 83호 금동미륵반가사유상"을 이 시대의
진품이라고 생각한다. 그래서 '오후부터 저녁까지 다
내어 주고도 아직 그 미소를 향한 찬탄을 못다 끝내서
넉넉히 모시고 잠에 든다.' 그렇게 행복하게 잠든 밤에
반가사유상이 구순을 바라보는 노모의 모습으로 겹쳐진
다. 긴 시간을 자식을 향한 사랑에 아파했으며 "욕창이

덧나 기저귀도 못 차고" 잠들지언정 끝내 짐이 되기 싫어서 밤새 뒤척이는 늙은 어머니가 바로 이 시대의 반가사유상이란 생각에 이른다. 사랑은 하루아침에 이루어지는 것이 아니라 평생을 거쳐 지켜낸 미소로 그 사람 곁에 남는 것, 그런 어머니의 사랑을 달리 갚을 길이 없어서 스스로 그 사랑을 실천하고자 한다. 삶의 싱크홀에 빠졌으면서도 함께 매몰된 그 누군가를 먼저 걱정하며 저편의 사람에게 자신의 곤궁을 알리지 않는다. "그런데 정말 찾을 수 있긴 있을까/ 연달아 함몰된 그의 회사와 가족과 친구들을/ 이제 대리운전이나 어떤 알바도 할 수 없는 그가/ 전화기도 통장 거래도 할 수 없는 투명인간인 그가/ 마지막 남은 의문을 붙들고 차마 발화는 아껴둔 채/ 후배 녀석이 잡역부로 있다는 조선소 근처를/ 며칠째 서성거리고 있는"(「싱크홀」 부분) 그를 밤새 생각하고 생각한다.

마아니 아프냐
—죽을 만큼은 아냐, 아직

니가 아프면
—바람이 많이 부네

옆에 아무도 없냐

―비도 올 모양이야

　　내가 갈까
　　―알잖아, 안 된다는 것

　　제발 아프지 마라
　　―비가 오네

　　목구멍에 터억! 걸리는
　　저 고고학적 거리

―「목구멍 통화」 전문

　　가짜와 진짜를 구분하지 못하는 현대인의 병증은 마침내 피해자도 가해자도 없이 삶을 폐허로 만들고 그녀 역시 그로 인해 피폐해졌다. 그런 상황을 몇 개의 언어조각으로 그려 낸 「목구멍 통화」는 그녀가 처한 지점을 잘 보여 준다. 누구와의 통화였기에 응어리가 목구멍에 걸려 말이 풀려 나오지 못하는 걸까. 사랑하지만, 그를 위해 모든 것을 버릴 수도 있지만, 보고 싶을 때 함께 할 수 없는 그 사람. 둘 사이의 통화는 "고고학적 거리"를 사이에 두고 있다. 그 사이 모든 것을 빨아들이는 블랙홀에 의해 언어조차 조각조각으로 파편화된다. 전화 저편에선 그녀를 향해 손을 뻗어 끊어질 듯한 줄이 이어진

다. 몸이 많이 아픈지, 돌봐줄 사람이 옆에 없는지, 당장 달려오고 싶지만 단지, "제발 아프지 마라"고밖에 말할 수 없는 단절면. 창밖에는 바람이 불고 비가 내리고 다시 비가 내린다. 내리는 비에 전화기 속 그 사람은 그녀의 말을 알아듣지 못할 것이다. 정말 이 속엔 아무것도 없는 건지, 그녀가 지키고자 했던 것이 텅 빈 것인지, 오십 근황의 소식을 들려준다. "아직도/ 그 남자와/ 살고 있고// 여태/ 하던 일을/ 그대로 하고 있습니다// 내일은/ 꽃이 핀다는 소식/ 들었습니다/ 아직 기다리고 있습니다"(「오십 근황」 부분)

오늘도 그녀는 거대한 정신병동에서 나와 한 줄 시의 담배를 물어본다. 망각하기보다는 깨어 있기를 택했기에 블랙홀에 빠지는 일은 그러므로 당연하다. 이 거대한 열기구 속에서 할 수 있는 행동은 가짜를 가짜라고 말할 수밖에 없는 차가운 언어들이다. 그녀의 시 곳곳에서 등돌린 세상에 대한 시니컬한 목소리를 만날 수 있는데 냉소주의의 중심 핵은 그러나 차가운 것이 아니다. 진실에 대한 불꽃이 꽁꽁 숨어들어 그것을 지켜내기 위한 마지막 방어 자세가 아닌가. 그녀조차 자본주의의 손아귀에 너무 많은 것을 잃었고 아주 간단히 가족의 "불빛 역사"를 정리하기 했으니까. "고물상에서 횡재한 그 돈으로/ 셋이 칼국수를/ 배불리 먹었다/ 그러고도 아직/ 손에는/

구천 원이나/ 남았다"(「포식과 포만 사이」 부분) 시니컬한 목소리의 안쪽은 얼음장 밑 물고기처럼 살아 있다.

4. 망초꽃이 피었다

스스로는 어쩔 수 없이 냉소적이 되어 가지만 그런 자세를 견지할수록 점점 무력해진다. 그러나 이 순간에도 아이들이 태어나고 죽어 가는 사람은 손을 내밀어 '희망'이라는 눈빛을 갈망한다. 그녀 자신이 싱크홀에 빠져 봤기에, 모두가 좇아가는 그것의 뿌리 없음을 잘 알기에 오늘도 시 한 줄로 답을 작성하고 있다. 학교가 끝나고 집을 향해 뛰어가는 아이처럼 그녀는 말한다. 우리가 단지 잊어버렸을 뿐인 그곳, 마음의 고향으로 돌아갈 수 있다고. 그러기에 그녀는 가끔 어머니가 살고 있는 고향집을 찾아간다. 평생 농사일로 거뭇하게 주름진 얼굴에서 이 시대의 희망을 목격한다. 그녀들 목덜미에 매어진 꽃무늬 스카프. 결국 잘못된 현실을 외면하는 것이 자본주의의 무차별 공격에 대한 방어 자세라면 그로 인해 모든 사람이 외면하는 자본의 구조는 스스로 공멸할 것이다. 하나의 패러다임은 또 다른 패러다임으로 바뀌어 왔다. 그러므로 냉소주의는 인간이 가져야 하는 인간에 대한 마지막 얼굴이 될 수 없다. 또 다른 자세를 온몸으로 보여 주는 이들을 찾아 신월리 경로당 앞에 문득 선다.

저마다 주름진 목덜미에 꽃무늬 스카프들
처음 두어 분이 사서 매기 시작한 게 장날마다 너도나도였
단다
꽃도 열매도 울혈 내장까지 다 내어 주고 빈
고목에 단돈 이천 원으로 연분홍 꽃을 매단 할머니들
예순 넘은 아들 밥 걱정에 시도 때도 없이 집엘 가거나
금방 먹은 약을 자꾸 먹고 또 먹는 금패네
그 약봉지 뺏아 놓고 시간 맞춰 챙겨 준다는 영수 어메의 찡
긋 눈길
식은 통닭 조각도 먼저 간 사람 몫까지 챙겨 두는 두삼이네
굽은 허리 아픈 다리
온몸이 종합병원 간판처럼 내걸고도
너도나도 부침개에까지 설탕을 찍어먹는 초미각超味覺
누웠다가, 기댔다가, 둘러앉았다가, 손사래 치다, 맞장구치다
졸음 반, 웃음 반, 사방연속꽃무늬 속으로 하루를 흘리고 흘
린다
평생 논두렁밭두렁에서 보낸 시간의 지주망蜘蛛網 엔
허공의 바람 가를 튼실한 무엇 하나 내걸었는지 어쨌는지
농사철이면 자의반 타의반으로 다시 불려 나갈 수 있는
스물 하나 중 스물이 짝 먼저 보내고 혼자라는,
방 안 가득 무더기로 오종종 피어 있는

칠팔십 줄의 저 허연 망초꽃들

신월리 경로당

—「만화방창」 부분

　이번 시집의 4부는 「만화방창」, 「소리 완장」, 「서센」,
「추신」, 「난 아무것도 듣지 못했다」, 「진태네」, 「영술
네」, 「옥걸네」, 「수길네」, 「만선네」로 짜여 있다. 고향에
도 자본의 칼날이 휘저어갔지만 그들은 목덜미에 꽃무
늬 스카프를 두르고 "누웠다가, 기댔다가, 둘러앉았다
가, 손사래 치다, 맞장구치다/ 졸음 반, 웃음 반, 사방연
속꽃무늬 속으로 하루를 흘리고 흘린다" 칠십 팔십 줄
에 이른 노인들이지만 고향이라는 특별한 장소 속에 있
는 한 시든 꽃으로 보이지 않는다. 무더기로 피어 웃음
흘리는 망초꽃. 그들은 그곳에 피어 있길 원했고 아직도
옛 이야기가 이어지고 이어져 향기로 피어난다. 도시로
아들딸들을 떠나 보냈지만 지금 모든 것이 새로 시작이
라는 듯 말한다. "벌써 날씨가 쌀쌀헌디 애들도 잘 있고
최서방도 건강허지? 너도 운전 조심허고 애쓴다. 그래
도 니가 성공해서 항시 고맙다. 엄마가 글씨가 좀 그렇
쟈?……"(「추신 부분」) 마을 회관 노인 학교에서 내준 숙
제를 꾹꾹 눌러 써서 딸에게 보내는 어머니.

　고향을 지키는 이들은 부정의 어법을 모른다. 객지로
나간 아들딸의 삶이 팍팍할수록 무서운 긍정을 보여 준

152

다. 잘못된 세상 앞에서 잘못된 세상을 비판하는 것은 상대에게 이미 예측된 일이다. 그러나 그런 세상을 향해 '워메, 정말 수고했어유! 얼마나 고생스럽다야? 이제 좀 쉬엄쉬엄 해유!'라고 권력자를 향해 진정어린 말을 한다면 그는 순간 높이 치켜든 무기를 힘없이 내려놓지 않을까. 진정 잘못된 세상을 향한 더 높은 해법은 도시로 떠나간 아들딸들을 기다리는 고향 노인네들의 무한 긍정의 마음이 아닐지. 시인은 그들의 목소리를 빌어 가짜 세상에 대한 해답을 제시한다. 그들 목소리를 전면에 내세우면서 고향 사투리를 꽃무늬로 낭창낭창 배치한다. 어느 하나가 두드러지지도 않고 빠지지도 않는 이 만화방창의 세계, 그녀의 언어적 연금술에 의해 어제가 오늘인 듯 사뿐히 내려앉은 마을의 집집마다 굴뚝에는 연기가 피어오르고 '휘어진 돌담 사이 푸른 이끼'가 내일도 돋아날 것이다.

정순옥 시인

1962년 곡성 출생.
전주교대, 고려대 대학원 졸업.
2004년 계간《시와 시학》봄호 등단.
수주문학상 우수상(2000), 교원문학상 시 부문 대상(2006) 수상
시집으로『세상의 붉은 것들은 모두 아프다』(2006, 시학)
『뒤꿈치 자서전』(2008, 문학의 전당)을 상재하였다.
e-mail : beenters@hanmail.net

얼룩은 읽히지 않는다

정순옥 시집

초판 1쇄 발행일   2015년 1월 20일
지은이 · 정순옥
펴낸이 · 김종해
펴낸곳 · 문학세계사

주소 · 서울시 마포구 신수로 59-1(121-856)
대표전화 · 02-702-1800   팩시밀리 · 02-702-0084
이메일 · mail@msp21.co.kr
홈페이지 · www.msp21.co.kr
페이스북 · www.facebook.com/munsebooks
출판등록 · 제21-108호(1979.5.16)

값 8,000원
ISBN 978-89-7075-599-3   03810

*이 책은 부천시 문화예술발전기금의 지원을 받았습니다.